STURMFLUT

PETER OEHLERKING

Flammen der Täuschung

CUXHAVEN-KRIMI

PRÄSENTIERT VON:

STURM FLUT 5,02M 1962 · CUXHAVEN ·

Rüm Hart, klaar Kiming!

Weites Herz – klarer Horizont!

1. Ausgabe Mai 2025
Originalausgabe

Herausgeber/ Verlag:

Fitters Sturmflut

Klamt & Klamt GbR,
27472 Cuxhaven, Deichstraße 5
UST-ID DE347069751
sturmflut@cuxhaven-krimi.de

Fotos: © Christian Rinnert; Sturmflut; Peet Wigbers
Umschlaggestaltung: Misons Book Designer
Satz: A. Zshan
Druck und Bindung: Scandinavian Print Group,
91413 Neustadt a. d. Aisch

Peter Oehlerking (Peet Wigbers)
22397 Hamburg, Lütte Marsch 1
autor@cuxhaven-krimi.de

ISBN: 978-3-00-082588-0
Website: www.cuxhaven-krimi.de

FSC
www.fsc.org
MIX
Papier | Fördert
gute Waldnutzung
FSC® C010493

Inhalt

Prolog

Die Tiefkühltruhe!

Hat er sie eben wieder zugemacht?

„Verdammt, konzentriere Dich“, flucht er vor sich hin und geht aus dem Garten wieder ins Haus, direkt in das große, sehr mondäne Wohnzimmer.

Es ist eine Mischung aus edlem Alt und Neu: Holzfußboden, die schlanke Rolf-Benz-Garnitur auf einem großflächigen, antiken Keshan-Wollteppich, an der Seite zwei Kommoden und eine Anrichte.

Und im hinteren Teil des 50-Quadratmeter-Raumes schließlich der Klavierflügel, ein *Steinway and Sons*, auf dem sie nicht mehr spielen will.

Kurz vor der offenstehenden Tür zum weiterführenden Flur wendet er den Blick nach rechts.

Fast unverändert liegt sie auf der modernen Chaiselongue, den Kopf leicht zur Seite geneigt, die Augen geschlossen. Ein hübsches Gesicht, eine weibliche Figur: Lange, braune Beine, die aus dem geblümten Sommerkleid herausragen.

„Lydia. Was für eine schöne Frau“, denkt er. Muss das sein, will er wirklich zu diesem letzten Mittel greifen?

Nein! Schnell verwirft er den Gedanken wieder. Denn sein Plan ist unabwendbar!

Weiter geht es durch den lang gezogenen Flur in die kleine Eingangshalle, vorbei an der breiten Treppe, die zu den oberen Räumen führt.

Kurz blickt er durch eines der Fenster neben der breiten Haustür. Es ist dunkel an diesem 18. August, wenige Stunden nach Mitternacht.

Wann genau wird es hell?

Erneut überdenkt er seinen Plan, will unbedingt pünktlich sein.

Direkt neben der Haustür steht der Korb mit dem Dackel. Die ganze Zeit ist Ole unruhig umhergelaufen, witterte wohl etwas ... Und auch jetzt schaut er auf, spitzt die Ohren und mustert ihn.

Er mag Hunde, doch mit diesem ist er nicht richtig warm geworden.

Am Ende des zweiten Flures, der zu Garage und Carport führt, erreicht er sein Ziel: Die Wertraumtür als ein besonderer Schutz für die dahinterliegende Waffenkammer. Sie ist aus Metall, grau, mehrwandig, mit einem Doppelbartsicherheitsschloss und einer besonderen Bolzenverriegelung versehen.

Doch sie ist nur angelehnt, was er bisher immer zu vermeiden gewusst hat!

Ein kontrollierender Blick durch den kleinen Raum, der speziell für Jäger gebaut ist: Beide Waffenschränke sind verschlossen, genau wie der Schrank für die Munition.

Etwas seitlich davon, durch eine Schiebetür abgegrenzt, steht ein Edelstahltisch, auf dem Wild zerlegt wird - und zu guter Letzt auch die lange Tiefkühltruhe *Nord-Cap*.

Tatsächlich, sie ist noch unverschlossen, der Deckel steht sogar halb auf!

Mit wenigen Schritten tritt er ein und verschließt sie. „Wie wird der Raum hier nachher wohl aussehen?“, überlegt er kurz.

Ganz sicher besteht wegen der Munition Explosionsgefahr! Insbesondere dann natürlich, wenn er die Wertraumtür auflassen würde.

Blaue Augen, die sich bei der Überlegung kurz verdunkeln: Das würde dem Ganzen hier natürlich zu einer zusätzlichen Dramatik verhelfen …

Kapitel I – 18. August - Das Feuer

60 Minuten später – Döse - Haus gegenüber

„Scheiß Prostata!“

Mit diesem Gedanken öffnet Manfred die Augen.

Das wievielte Mal wird er diese Nacht wegen gefühlt voller Blase schon wieder wach?

Ohne wirklich nachzählen zu wollen, dreht er seinen Oberkörper zur Seite, stützt sich auf den rechten Unterarm und richtet sich mit einem verhaltenen Stöhnen auf - bleibt aber erst mal auf der Kante seines nagelneuen Boxspringbettes sitzen.

„Wirklich zu hoch!“, denkt er noch misslauniger, als er erneut bemerkt, dass seine Füße nicht bis zum Boden reichen, die Beine wie bei einem kleinen Kind auf einem Erwachsenenstuhl unter ihm baumeln.

„Beinbruch nach freiem Fall aus dem Bett!“ Das wäre es ja noch gewesen: Seine Freunde, ganz Cuxhaven würde sich halb totlachen!

Die Blase gibt im Augenblick Ruhe, und so bleibt er noch etwas länger sitzen, um träge seinen Gedanken nachzuhängen.

Ja, bis vor 10 Jahren, da war alles noch okay, alles in bester Ordnung. Als *Kapitän auf großer Fahrt* war er zuletzt zumeist im Indischen Ozean unterwegs gewesen.

Viel Verantwortung, viel Erleben … aber eben auch viel Alkohol und Zigaretten.

Zu viel, er hat es immer geahnt, auch dass irgendwann einmal die Quittung folgen würde. Doch dann gleich in dieser endgültigen Härte?

Schwerer Herzinfarkt, Not-OP, drei Stents, schließlich die Schweineherzklappe.

Nur ein knappes Jahr später dann stand fest - Schluss, kein Seefahrerleben mehr, fortan nur noch ein Rentnerdasein. Und das schon mit Mitte 50!

Das mit der gutartigen Prostatavergrößerung dagegen soll nur ein weiteres, angeblich marginales Problemchen sein.

„Erhöhter Harndrang“, das sei die Konsequenz, so sein Arzt Dr. Meier einmal. „Nicht schlimm. Ein einfaches Hausmittel hilft, Kürbissamensaft wird es lindern!“

„Von wegen!“, denkt Kapitän a. D. Manfred Schlichting. Was für eine Wirkung? Wie prosten sich Urologen noch gleich zu? Mit einem „Prost-ata!“ Ein Anflug von einem Grinsen kommt über seine Lippen.

Doch dann meldet sich erneut der Druck zurück.

Und so schaltet er das Licht am Rückenteil seines Boxspringbettes ein, bringt sich in den freien Fall und schlürft los in Richtung Abort!

Keine 2 Minuten später

„Jetzt echt - haben die Hansen ein Rad ab?“

Schon am Vorabend war Manfred aufgefallen, dass die beiden Feuerschalen bei seinen Nachbarn vis-à-vis der Straße in Betrieb waren, Erik Hansen offensichtlich gleich mehrfach Holz nachlegte.

Doch aber jetzt noch, um diese nächtliche Zeit?

„Was für ein Gestank! Und irgendwie auch … nicht mehr nur nach Holz!?“

Ein Blick auf seine Garmin-Marine-Smartwatch, die ihm seine Ex-Frau vor zig Jahren einmal zum Geburtstag geschenkt hatte.

Die zuletzt nur noch mürrische Frau weg, die edle Uhr behalten – besser als andersherum! Er liebt dieses maritime Stück, eigentlich prädestiniert für Segler, ein Stück weit auch, weil er jederzeit ohne Lesebrille die Uhrzeit ablesen kann: 02.45 Uhr.

„Wie kommen die nur dazu?“

Das Verhältnis zu Erik und Lydia war und ist prima. Sie sind keine Freunde, aber eben sehr freundliche und rücksichtsvolle Nachbarn. Man duzt sich, trinkt zusammen auch mal ein Bier, redet nicht nur über das Wetter, weiß so einiges voneinander. Mit anderen Nachbarn schließlich, da hat er schon ganz andere Erfahrungen machen müssen.

Ein Blick nach unten.

„Da hilft kein Schütteln und kein Klopfen, in die Hose geht doch der …“

Manfred ist es im Augenblick egal. Zurück in die neue Koje will er, zurück in den Schlaf, der ihn hoffentlich ganz schnell wieder einholen wird.

Der Weg dorthin zurück - jedoch nicht ohne einen Abstecher in den vorderen Bereich des alten Hauses, das er vor vielen Jahren von seinen Eltern geerbt hat.

Von dort aus kann er nämlich direkt zu dem Haus von Erik und Lydia herüberschauen ...

Feuer!

Sein Herz schlägt ihm bis zum Hals!

Mein Gott, sind die da etwa noch drin?

„Erik!“ „Lydia!!“

Immer wieder ruft Manfred ihre Namen.

Diese glimmende Hitze, dieser beißende Rauch!

Er muss nach Luft ringen, weicht ein paar Meter zurück, kneift dabei die brennenden, tränenden Augen zu, um eines gleich wieder blinzelnd einen Spalt zu öffnen.

So hat er ein Feuer noch nicht erlebt!

Ja, einmal im Seegebiet zwischen Indien und dem Golf von Aden, da konnte er von seiner Brücke aus die gewaltigen Rauchschwaden eines großen, im Bug brennenden Containerfrachters beobachten:

Die *Maersk Honam*, ein Riesenpott, dänische Reeder. - Aber die lag damals ein paar Seemeilen von seinem Schiff entfernt!

Dieses hier jedoch, so direkt vor ihm. Was für eine Urgewalt!

Feuer, ein Moloch, der alles auffrisst!

Doch jetzt dort noch rein, um nach den beiden zu suchen? Nein, allein schon der Gedanke …

„Erik, wo seid …??“

Husten unterbricht sein Rufen.

Mit einer Hand drückt er sich das Handtuch, das er sich vorm Herauseilen aus seinem Gäste-WC in aller Eile noch gegriffen hat, dichter auf Mund und Nase.

Vielleicht hätte er es doch komplett durchtränken sollen? Deutlich spürt er den Kloß in seinem Hals. Sorge, richtiggehende Angst umtreiben ihn: Die Vorstellung, dass sie es nicht geschafft haben könnten, jetzt irgendwo in dem Flammeninferno stecken.

Gänsehaut, trotz der Hitze!

Oder … vielleicht sind sie ja gar nicht da?

Ganz kurz keimt Hoffnung bei ihm auf. Könnte es sein, dass sie kurzfristig irgendwo hinmussten, weggefahren sind, um später noch anzurufen, dann nur den Verlust des Hauses zu beklagen hätten?

Ole! - Was ist mit dem Rauhaardackel?

Läuft der hier irgendwo herum?

Abermals hustend sieht er sich um.

Doch von Ole ist nichts zu sehen.

Ein paar Menschen stehen herum. Manfred erkennt Simone, eine Nachbarin, die ganz am Anfang der Straße wohnt. Sie steht noch ein ganzes Stück hinter ihm, hält sich gerade ungläubig, voller Entsetzen, beide Hände vor den Mund.

Weint sie?

„Hast Du eine Ahnung, wo Erik und Lydia sind?“, ruft er ihr verzweifelt zu.

„Ist die Feuerwehr schon informiert?“, fast in gleichem Moment, eine männliche Stimme.

„Ja, ich habe angerufen!“, antwortet sie laut.

Ungeduldig schüttelt Manfred den Kopf: Das haben doch sicher schon mehrere gemacht!

So wie er selbst, als er von seinem Haus aus das Unglück auf der anderen Straßenseite erkannte. Als erste Handlung, sofort und direkt.

110 - und nicht 112? Er erinnert sich nur an eine weibliche Stimme, die seinen Anruf entgegennahm.

Notruf der Polizei, oder direkt die Feuerwehr, letztendlich wird es egal sein!

Da, ein lautes Knack-Geräusch!

Es ist sicherlich wieder nur eine dieser Verpuffungen.

Wie lange wird es noch dauern, bis dass Hilfe eintrifft, bis dass den beiden vielleicht doch noch irgendwie geholfen werden kann?

Zur gleichen Zeit – die Feuerwehr

Rhythmisch reflektiert sich das Blaulicht an den Hauswänden des Strichweges.

Strich, das war in alten Zeiten ein Begriff für *Weg am Deich.*

Und so schlängelt sich die enge Verbindungsstraße zwischen Alt-Cuxhaven und dem Kurteil Döse um die teilweise älteren Häuser … parallel zur Grimmershörn-Bucht, der letzten Bucht, bevor die Elbe in die Nordsee mündet.

Hannes und Heiner sitzen nebeneinander, entgegen der Fahrtrichtung, ihnen gegenüber vier weitere Kameraden der Berufsfeuerwehr.

Die beiden sind nicht nur Kollegen, sie sind beste Freunde, und das schon seit ihrer der Jugend.

Erst die gemeinsame Schulzeit in Cuxhaven, dann der gleiche Berufswunsch. Irgendwie passende Vornamen, das gemeinsame Hobby Fußball, gegenseitige Trauzeugen, deren Familien ebenfalls miteinander befreundet und so oft wie möglich die gleichen 24-Stunden-Schichten ...

Obwohl sie sich bis auf die blonden Haare kaum ähnlich sehen: Die Bezeichnung *Twins* der Kollegen kommt nicht von ungefähr.

„Jede Wette, dass nachher wieder jemand meckert", meint Hannes.

„Die Martinshörner?"

Er nickt.

Beide wissen, dass die Anwohner eines jeden Hauses, das sie gerade passieren, durch die doch erheblichen Lautstärken aus dem Schlaf gerissen werden. Wie immer mal wieder in der Vergangenheit vorgekommen, könnte es auch nach diesem Einsatz passieren.

Ob nun per Anruf oder Mail: „Mitten in der Nacht! Kein Schwein ist unterwegs, alles schläft. Aber ihr müsst natürlich trotzdem …!“

Vier Einsatzfahrzeuge sind es, die diesen Krach machen müssen: Sonderrechte sind während der Fahrt ausnahmslos immer per Blaulicht und Martinshorn anzuzeigen. Also auch nachts, das ist gesetzlich so geregelt. Basta.

Der Einsatzleiter fährt in einem Pkw vorweg, dahinter das Löschfahrzeug, auf dem die beiden Freunde sitzen, dann das große Drehleiterfahrzeug und zum Schluss schließlich ein Krankenwagen.

Hannes und Heiner kennen den Weg. Sie wissen, dass sie in wenigen Minuten am Ort des Geschehens sein werden.

Die Anspannung? Die ist größer als sonst.

Hoffentlich sind die Bewohner nicht mehr drin!

Beide haben zuvor erfahren, dass das Haus der Hansen brennt.

Das kinderlose Ehepaar ist recht bekannt in der Stadt. Sehr betuchte Leute sind sie, dabei stets freundlich und aufgeschlossen, kein bisschen abgehoben. Sie grüßen, wenn man ihnen auf der Straße begegnet, obwohl man sich nur vom Sehen kennt. Sie Ur-Cuxhavenerin, er von irgendwo aus Holstein: Nordlichter eben, die in die Welt gehören ...

Gleich ist es so weit!

Kurz vor dem Ende des Strichweges rechts ab, die Strandstraße in Richtung der Strände, dem Kurpark und der Kugelbake.

Nach nur wenigen 100 Metern dann ein spitzer Winkel nach rechts, hinein in die Schultheißenstraße, dort dann das letzte Haus auf der linken Seite.

Alle sind bereit, jeder kennt seine Aufgabe aus dem Effeff. Schnell noch mal in Gedanken die Örtlichkeit abgeschätzt!

Hannes gehört als *Hauptbrandmeister* dem *Angriffstrupp* an und wird nach Lage der Dinge sofort in das brennende Haus beordert.

Sein Auftrag: Menschenrettung.

Ein letzter, stummer Blick zwischen den beiden, ein kurzes aufmunterndes Nicken.

Es wird schon gut gehen, soll er heißen und: Pass auf Dich auf!

Ein paar Stunden später - der Kommissar

Cuxhaven, offiziell größtes Nordseeheilbad Deutschlands, ist der nördlichste Punkt Niedersachsens.

Sehr viel mehr wusste Piet nicht über die Stadt, als er sich vor 15 Jahren für eine Stellenausschreibung bei der Kriminalpolizei dort interessierte.

Doch aber weg aus seinem geliebten Hamburg, seiner Heimatstadt, dem Nabel der Welt?

Mitten im Kiez-Viertel, der Reeperbahn, wo seine Eltern eine Kneipe hatten, ist er großgeworden.

Und aus dieser schillernden Meile, dem vermeintlichen Gut und Böse heraus dann nach dem Abitur seine Entscheidung, kein Gastronom zu werden, sondern für Recht und Ordnung zu sorgen, Gangstern an die Hammelbeine gehen zu wollen.

Sogar für sein Studium an der Polizeiakademie Ende der 1990er Jahre – da brauchte Piet einfach nur in eine U-Bahn der Station *St. Pauli* zu steigen.

Und auch der danach folgende Streifendienst passte wie Faust aufs Gretchen: Als junger Kommissar-Anwärter begann er seinen Dienst ausgerechnet auf der *Davidwache,* nur einen knappen Kilometer von „Stövers Altona-Schenke“ entfernt.

Einmal Hamburg, immer Hamburg?

Mit absoluter Sicherheit wäre er noch immer dort, wenn ihm mit Mitte zwanzig bei einem Urlaub auf Malle nicht sie über den Weg gelaufen wäre:

Juliane, intelligent, charmant, groß, blond und mit einem lächelnden Blick, der ihm damals direkt durch und durch ging. Sie war anlässlich ihres bestandenen Examens in Zahnmedizin mit drei Kolleginnen auf der spanischen Insel, und Piet … sofort in sie verliebt!

Kaum ein Jahr später heirateten der „Bulle und seine Zahnfee".

Doch Hamburg? Nein, das kam für Juliane von Anfang an nicht infrage. Schließlich war ihr berufliches Bett schon lange gemacht, ihre Karriere vorbestimmt.

Denn ihr Vater, selbst Zahnarzt, hatte eine eingesessene, florierende Praxis – elbabwärts, von der Hansestadt aus gute 2 Stunden mit dem Auto oder auch per Schiff mit dem Helgoland-Katamaran entfernt, direkt an der Mündung zur Nordsee: in Cuxhaven!

Cuxhaven-Altstadt - Das alte Kapitänshaus

„Papa?"

Gleich darauf noch mal, etwas lauter und ungeduldiger: „Papa!"

Piet dreht den Kopf zur Seite, als er hört, dass seine Schlafzimmertür ohne vorheriges Klopfen und mit recht viel Schwung geöffnet wird.

„Belass es bloß bei dem Gedanken – ihm nur nichts sagen, nicht gleich schimpfen."

Sein 14-jähriger Sohn Paul, der dieses Wochenende bei ihm zu Besuch ist, darf das natürlich.

Denn Rücksicht und Verständnis sind die halbe Miete.

Paul ist in letzter Zeit nicht mehr gut drauf, ist seit der Scheidung von Juliane dabei, seinen einst eingeschlagenen, geradezu vorbildlichen Weg immer mehr zu verlassen!

Ob Schule, der ehrgeizige Trainingsfleiß im Boxsport wie das Zusammenleben mit ihm überhaupt: Alles lief wie am Schnürchen!

War es die Trennung, oder doch die Pubertät? Oder eine Kombination aus beidem, die ihn verändert hatte?

„Weißt Du eigentlich, wie spät es ist?", fragt Paul.

„Guten Morgen, mein Junge!", antwortet Piet, ihn dabei freundlich anlächelnd.

„Ich muss jetzt sofort los, in einer halben Stunde habe ich Mathe!"

Ein fader Geschmack macht sich in Piets Mund breit. Dabei war es gestern Abend doch gar nicht so schlimm gewesen. Das gemeinsame Vater-Sohn-Wochenend-Abschluss-Essen fand wie so oft in der *Sturmflut*, dem rustikalen Bierlokal direkt am Fährhafen von Cuxhaven, statt.

Und als Paul nach seiner obligatorischen Küsten-Currywurst dann unbedingt allein loswollte, um noch einen Kumpel zu treffen, da ist Piet einfach dageblieben, hatte sich zwei Tische weiter zu einem Freund gesetzt - zu Sepp, einem Redakteur der lokalen Zeitung.

Wenn man sich aber erst mal festgequatscht hat …

Wie viel Jever mögen es dann noch gewesen sein? Drei oder vier, höchstens! Und deswegen der schlechte Geschmack?

Sein Sohn Paul unterbricht seine Gedanken:

„Hast Du heute etwa keinen Dienst?"

Erneut blickt Piet zu ihm hoch.

Diese Ähnlichkeit, er ist seiner Mutter Juliane wie aus dem Gesicht geschnitten.

„Doch natürlich!“, reagiert er. „Ich bin schon so gut wie hoch! Und Du? Gefrühstückt? Warum hast Du mich nicht etwas früher geweckt?“

„Papa, ich habe jetzt wirklich keine Zeit mehr. Wir sehen uns am übernächsten Wochenende, telefonieren vorher bestimmt noch!“

Kurz und knapp - aber immerhin doch freundlich.

Zudem kommt ein Anflug von einem Lächeln über Pauls Gesicht. Dann dreht er sich, und verschwindet mit einem „Hab Dich lieb!“

„So, jetzt aber sofort raus aus der Koje!“ Sofort ins Bad, für eine schnelle Morgentoilette.

Das kleine, alte Kapitänshaus in der Altstadt, in dem er seit der Trennung vor fast 2 Jahren zur Miete wohnt, ist ein echter Glückstreffer.

Allein schon dieses Gefühl der knatschenden, warmen Holzdielen unter seinen Füßen, das Licht durch die vielen Fenster. Dieses Flair und die Atmosphäre, die seine Bude ausstrahlt …

Die Räume sind zwar recht klein, und das Badezimmer nur über das *Durchgangszimmer Küche* erreichbar, doch Piet hat sich von Anfang an in den über 100 Jahre alten Gemäuern richtig zu Hause gefühlt.

Durch das Küchenfenster schweift sein Blick kurz in den wie für ihn gemachten Männer-Garten: Klein und pflegeleicht ist der. In der einen Ecke das alte Holz-Gartenhaus mit der Grillecke, in der anderen die Außenwand zur geräumigen Garage. Sichere und trockene Unterkunft dort für seinen Oldie, einen *Opel Commodore 2,8 GSE Coupe*, der fast 10 Jahre älter ist als Piet selbst.

Die Zeit ist wirklich eng.

Umso größer der Vorteil, dass sich sein Kapitänshaus in direkter Nähe des Fachkommissariats 1, dessen stellvertretender Leiter er mittlerweile ist, in unmittelbarer Nähe, quasi in Sichtweite befindet - sofern er sich nur weit genau aus seinem Wohnzimmerfenster herauslehnt.

„Wann habe ich mich das letzte Mal rasiert?“ Ein prüfender Blick in den Spiegel des alten Allibert-Schrankes, den er damals zusammen mit dem Haus übernommen hat.

„Samstag, vorgestern!“ fällt ihm ein. - Einmal ohne geht also auf alle Fälle noch!

„Alexa, Uhrzeit!“

„Es ist 7.45 Uhr!“, spricht die weibliche KI-Stimme hinter ihm.

Vorgesehener Dienstbeginn für ihn ist um 8.00 Uhr.

Paul hätte ihn wirklich früher wecken sollen.

Also nur eben geduscht, schnell einen Kaffee aus dem Espresso-Automaten getrunken und zurück ins Schlafzimmer, dort eine Jeans und ein frisches Hemd angezogen und dann schließlich einfach mal ohne Frühstück aus dem Haus.

Doch … kurz darauf wird ihm ein Anruf auf seinem Diensthandy seine minimalistische Montag-Morgen-Planung zunichtemachen.

Einsatz?

Einsatz!

Brandhaus, etwas später

„In 100 Metern bitte rechts!"

Birke kennt sich in der Stadt zwar recht gut aus, jedoch ist ihr die *Schultheißenstraße* bisher noch nicht untergekommen.

„Wo soll das denn sein …?", entgegnete sie ihrem Chef Peter Schneider, Leiter des Fachkommissariats 1 für schwere Straftaten und Verbrechen wie Mord, Körperverletzung oder auch Brand, als der sie zwanzig Minuten zuvor anrief, um über den Einsatz zu informieren.

Höchstpersönlich, der Kriminalrat!

Doch der Einsatz hat es schließlich auch in sich.

Ein Brand in einem großen Einfamilienhaus in Döse vor ein paar Stunden sei es und - ganz schlimm: mit zwei Todesopfern!

Birke folgt der Anweisung ihres Navigationsgerätes und biegt ab. Die Straße ist nur sehr kurz, zudem ist es eine Sackgasse. Und so erkennt sie am Ende sofort einen Streifenwagen mit eingeschaltetem Blaulicht; daneben einen dunklen VW Touran, eines der Zivilfahrzeuge der Polizei: Die Kollegen, von der 38-jährigen Finnin „Vorhut" genannt, sind natürlich schon länger vor Ort.

„Der Brandermittler, sicher auch schon die Spurensicherung?", überlegt sie.

Birke ist mit ihrem Privatfahrzeug unterwegs. Ausnahmsweise, Peter Schneider hat es schließlich dringend gemacht.

Vorausschauend, den roten Mini Cooper ein Stück weit hinter die Polizeiautos abgestellt, einfach normal rechts geparkt. Es wird ihr ein Unterbrechen der Arbeit, ein extra Manövrieren ersparen für den Fall, dass einer der Kollegen früher wegfahren will.

... kurz darauf

„Moin!“

„Moin!“, reagiert der Feuerwehrmann.

Es ist die übliche Begrüßung im Norden von Deutschland.

Ganz zu Anfang, da hat Birke noch geglaubt, dass es *Guten Morgen* bedeuten würde, doch sich dann gewundert, dass man sich auch abends noch ein *Moin* zuruft.

„Dumm tüch! Das hat mit dem Morgen kaum etwas zu tun!“, erklärte ihr irgendwann einmal lachend Piet, ihr Kollege und direkter Vorgesetzter.

„*Moje Tag*, der schöne Tag auf Plattdeutsch“, so seine Übersetzung. Ihre Kontrolle über Google gab zwar noch andere Varianten her, doch Birke ließ es sofort gern gelten. Es hat für sie etwas Charmantes, etwas norddeutsch Kultiges ...

„Ist mein Kollege Piet Stöver schon hier?“, fragt sie in kaum noch hörbarem finnischem Akzent.

„Puh, Du … keine Ahnung!“, antwortet der Feuerwehrmann.

Auf dem Namensschild an seiner Überjacke steht gestickt: *Schumacher*. Birke kennt ihn vom Sehen, kommt aber nicht auf seinen Vornamen.

„Schau Dich um. Im Haus sind noch drei meiner Kollegen“, sagt er. „Dann noch eure SpuSi, und auch der Brandermittler! Vielleicht sieht sich Piet hier irgendwo gerade anderswo um? - Und wenn Du ihn dann gefunden hast: Ich muss bitte auch noch mit ihm sprechen!“

„Jo, geht klar!“, und als ihr der Vorname wieder einfällt, fügt sie lächelnd an: „Hannes!“

… kurz darauf

„Mein Gott, ist das schlimm!“

Piet schaut mit gerunzelter Stirn von der anderen Straßenseite herüber.

Das zweistöckige Haus der Hansens ist stark zerstört!

Wobei - es die linke Hälfte nicht ganz so schlimm erwischt zu haben scheint. Ja, der Dachstuhl dort ist größtenteils ausgebrannt. Schwarzer Ruß überall, und sämtliche Fenster sind geborsten.

Doch aber die andere, die rechte Seite: Das Dach zur Außenseite hin eingebrochen, die Etage darüber ein Stück weit nach unten gekommen, jetzt irgendwie schief über dem Erdgeschoss hängend.

War die Hitzebildung dort größer?

Sein Blick wendet sich wieder zurück zur intakteren Seite.

Dort, neben dem Haus, ist eine offene Garage, darin ist die Front eines größeren SUV zu sehen. Auch da hat das Feuer seine Spuren hinterlassen.

Ist das ein Mercedes, oder ein BMW? Was fährt Erik noch gleich?

Direkt daneben schließlich ein Carport, das Dach ebenfalls eingestürzt, darunter hervorlugend das Heck eines älteren 3er BMW. War das mal ein Cabrio? Ihr Auto?

Das Kennzeichen: CUX-LH und einige Ziffern sind zu lesen. Na klar, es sind ihre Initialen: Lydia Hansen …

Er schüttelt vor Entsetzen den Kopf.

Mit Erik stand er ein paar Mal zusammen auf dem Tennis-Court, hat einmal bei den Vereinsmeisterschaften gegen ihn verloren. Wann war das noch gleich?

Vorletztes Jahr!

„Viertelfinale, dann war Schluss“, erinnert er sich und sieht direkt das Lachen von Erik beim anschließenden gemeinsamen *Radler* im Klubheim wieder vor sich.

Ein sehr sympathischer, ein humorvoller Mann …

Bauunternehmer, Jäger und eben auch ein besserer Tennisspieler - als er selbst.

„An die Arbeit!“, reißt sich Piet aus den Gedanken.

Wo sind die anderen?

Kurz schaut er sich um.

Einige Schaulustige stehen etwas abseits, darunter auch ein Mann im Morgenmantel. Sicherlich ein Nachbar. Nur neugierig? Oder vielleicht ein Zeuge?

Die Löscharbeiten sind natürlich längst abgeschlossen.

Nur ein einzelner, größerer Feuerwehrwagen steht noch rechts neben dem abgebrannten Haus.

„Ein *HLF*, die Abkürzung für Hilfeleistungstanklöschfahrzeug“, erinnert er sich. Der gehört zur Berufsfeuerwehr, denn die Freiwilligen in Cuxhaven haben solche Fahrzeuge nicht. - HLF, hat der nicht 8 oder 9 Mann Besatzung? Auf alle Fälle werden dann noch einige der Kameraden hier sein.

Erst mal muss ein Lagebericht her, damit er die Situation genauer einschätzen kann! Die Kollegen werden sicher mehr wissen.

Wo ist die Spurensicherung, wo der Brandermittler, der neue Kollege aus seiner Abteilung?

Und - wo steckt Birke?

... etwas später

Es riecht noch immer nach Verbranntem: Eine Mischung aus kaltem Rauch, Plastik und Holz. Und irgendwie auch nach … Gegrilltem? - Etwa nach den beiden Toten, die die Feuerwehr in dem völlig ausgebrannten Wohnzimmer aufgefunden hat?

Kurz steigt Übelkeit in ihr auf.

In ihren 12 Dienstjahren hat sie schon so viele Leichen gesehen: von Verkehrstoten über Wasserleichen bis hin zu Verstorbenen, die erst Monate später aufgefunden wurden … und deren Körper bereits massiv verwest waren. - Anschauen und auch untersuchen, ja, das geht, da kann sich Birke immer einigermaßen überwinden.

Doch aber ihre empfindliche Nase, mit der sie überall selbst kleinste Gerüche sofort bemerkt, die ist und bleibt ihr unabänderliches Handicap.

„Lieber wieder raus hier!“, überlegt sie.

Denn letztendlich ist sie Fahnderin und kann im Augenblick in der Ruine eh nicht viel tun. Erste Ermittlungen, das ist eben die Aufgabe der Vorhut.

Einer davon ist Detlev, der als Brandermittler neu im Fachdezernat ist und den sie deshalb persönlich noch nicht richtig kennt.

„Na, schon ein Ergebnis?“, fragte sie, als sie ihn kurz zuvor in der nicht so stark verbrannten Haushälfte antraf.

„Tja ja, ich bin ja noch ganz am Anfang! Zwei Leichen weiter hinten“, und Detlev deutete mit dem Kopf in die entsprechende Richtung.

„Auffällig ist allerdings, dass eine davon deutlich stärker verbrannt ist als die andere.“

„Echt, unterschiedliche Verbrennungsgrade? Wie kann das sein?“

„Ich weiß es noch nicht genau. Aber auch der Ausgangspunkt des Feuers könnte im Bereich der stärker verbrannten Leiche liegen. Möglicherweise ist dort ein Brandbeschleuniger zum Einsatz gekommen. Falls sich das so bestätigen sollte, wäre ein Selbstmord, vielleicht auch ein erweiterter Selbstmord denkbar.“

Mitnahmesuizid!

Gerade, als Birke aus dem Haus tritt, fällt ihr ein anderer Begriff dafür ein. Es ist die Definition, die sie während ihrer Polizeiausbildung einmal in einer Klausur angeben musste: *Selbstmord nach vorangegangener Tötung einer anderen Person – ohne deren Zustimmung und Wissen!*

... gleiche Zeit

Piet überlegt kurz.

Zwei Feuerschalen sollen es also sein, die am Vorabend länger in Betrieb gewesen waren. Könnten die möglicherweise der Auslöser für das Inferno sein?

Er zweifelt, fragt aber trotzdem nochmal nach.

„Und sie sind sich sicher, dass es zwei waren?"

„Ja, absolut!"

Der sich ihm zuvor als Schlichting, Kapitän im Ruhestand vorgestellte Zeuge zeigt in Richtung seiner Garage, die sich ein kleines Stück weit von den beiden entfernt befindet.

Gestern, als er sie am Abend verschloss, da habe er von dort aus beide qualmen gesehen.

„Sehen Sie dort drüben? Die eingefallene Wand? Von meiner Garage aus kann ich in den Garten einsehen. Sie standen an der Zypressenhecke, ein ziemliches Stück auseinander."

Gut eineinhalb Köpfe kleiner ist der fahrig wirkende Mann, der ihn mit müden Augen anschaut, dabei an der Kordel seines grauen Morgenmantels herumfudelt: Ganz offensichtlich haben ihn die Ereignisse der Nacht stark mitgenommen.

„Möglicherweise ja doch Funkenflug?", wägt Piet erneut ab. Andererseits, es herrscht kaum Wind, und das seit Tagen schon. Und dann der doch recht große Abstand zum Haus - er will es nicht völlig ausschließen, notiert deshalb kurz: *Feuerschalen abklären. Brandermittlung/Detlev!*

In diesem Moment hört er eine ihm vertraute Stimme.

„Mohooooin! Na, sag mal: Eine wilde Nacht gehabt oder einfach wieder zu lange im Bett gelegen - weil vergessen, dass schon wieder Montag ist?“

Der Hintergrund der Anspielung seiner Kollegin Birke Hänning, die sich von hinten nähert, ist ihm sofort klar.

„Moin Moin!“, entgegnet er sich ihr zudrehend und versucht dabei mit seiner rechten Hand, ein seitwärts abstehendes Büschel seines Kopfhaares wieder anzudrücken – das sich jedoch störrisch gleich wieder aufrichtet.

„Wieso? Das muss so sein. Gefällt es Dir etwa nicht?“

Ein kurzes, neckisches Grinsen von ihr. Auch Piet lächelt nur andeutungsweise. Es ist nicht der richtige Moment, um weiter herumzuwitzeln – so, wie die beiden es häufig miteinander tun.

Wie lange ist sie nun schon seine Kollegin, wie lange arbeiten sie schon zusammen?

„Eigentlich sind Finnen ja als schüchtern und introvertiert verschrien!“ - Wer war es noch gleich, der das mal von sich gegeben hat? Doch selbst wenn dem so sein sollte: Dann schlägt Birke eben aus der Art!

Eher aufgeschlossen und humorvoll, ein kleiner Sonnenschein in der Polizeiabteilung eben, die mit ihren Kommentaren, mit ihrem Charme, schon so manche Situation zu entkrampfen gewusst hat.

Kurz stellt Piet die beiden einander vor.

„Darüber hinaus ist Ihnen aber nichts Ungewöhnliches aufgefallen?“, fragt er direkt weiter. „Freunde, die das Ehepaar Hansen gestern Abend noch besucht haben? Fremde, die vor oder auf dem Grundstück gewesen sind?“

„Nein. Ich habe niemanden gesehen. Auch stand kein fremdes Auto vor der Tür. Ich habe aber natürlich auch nicht immer drauf geachtet …“, antwortet Manfred Schlichting. „Erst die Nachrichten im Ersten, dann den langweiligen Tatort geschaut, danach schließlich noch die Tagesthemen. Aufgefallen …“, der Zeuge schüttelt den Kopf. „Nein. Das kurze, laute Streitgespräch am Vorabend höchstens noch. - Aber das kam wieder von den Neuen, zwei Häuser weiter!“

„Ach so? Ein Streit?“

„Ja. Kurz vor der Tagesschau. Eine Mutter mit ihrer halbwüchsigen, offensichtlich sehr vorlauten Tochter. Die sind erst vor fünf oder sechs Wochen eingezogen. Da fliegen regelmäßig die Fetzen, und dann wird lautstark gezickt und gezankt, häufig sogar auch im Garten!“

… gleiche Zeit - Hannes, der Feuerwehrmann

Was für eine Schicht! Wie lange ist er hier heute schon im Einsatz?

Führer des Angriffstrupps schimpft er sich.

Kleinstmögliche Gruppe, zwei Personen: Er selbst und ein Kamerad. Aber einer muss ja das Sagen haben, klare Kommandos geben.

Angriffstrupp: Außenstehende finden es ja toll, weil es besonders wagemutig und heldenhaft klingt, man zudem immer was zu erzählen hat – obwohl er das eigentlich gar nicht darf.

Dieser Stress jedoch, hoch 10 - jedes Mal!

Denn da ist immer die Gefahr, einmal nicht richtig aufzupassen, oder die Lage falsch einzuschätzen. Ob nun der Kamerad, für den man mitverantwortlich ist, oder man selbst: Das Verletzungsrisiko ist stets allgegenwärtig!

Doch davon abgesehen: Allein schon dieses Unbehagen, fast eine Art Furcht von dem Moment an, wenn man eine Haustür aufbricht, um in ein brennendes Haus vorzudringen! Sind noch Personen drin, kann ich helfen, jemanden retten, oder komme ich zu spät und finde die Bewohner gleich auf - womöglich in einem unwürdigen, einem schier entsetzlichen Zustand?

So wie hier heute …

Es hat eine Weile gedauert, bis er die beiden Opfer in dem mit dichtem Rauch gefüllten, sehr großen Raum entdeckte.

„Einfach nur beschissen, so umzukommen!“, denkt er und geht in Richtung eines der zerborstenen Fenster in der oberen Etage.

Unter seinen schweren *Airpower*-Feuerwehrstiefeln knirscht es. Verkohltes hat sich mit Löschwasser zu einem Brei vermischt. Was mag das hier vorher wohl gewesen sein? Vielleicht ein Arbeitszimmer?

„Bald schon wird es 9 Uhr sein. Sechs Stunden bin ich dann hier im Einsatz!“, überlegt er.

Eigentlich hätte er ja längst wieder zurück auf der Feuerwache sein sollen. So wie Heiner, sein bester Freund.

Doch dann kam ihm der Einsatzleiter mit einer anderen Order in die Quere: „Du bleibst bitte noch hier!“, sagte der ihm kurz vor dem Abmarsch-Befehl. „Und übernimmst die Gespräche mit der Kripo. - Du weißt schon, mit dem neuen Brandermittler. Und dann werden nachher sicherlich auch die Fahnder auftauchen und Fragen haben, allen voran Piet Stöver!“

Hannes Schumacher will den Auftrag jetzt unbedingt schnell erledigen und sein Wissen vermelden. Ein suchender Blick aus dem Fenster. Und … er wird direkt fündig.

Beide, Stöver wie auch dessen hübsche Kollegin Hänning stehen nebeneinander und sprechen gerade mit dem Mann im Bademantel, den er heute schon ein paar Mal gesehen hat.

Er schüttelt kurz grinsend den Kopf: Leute gibt es - läuft der hier tatsächlich noch immer so rum.

Sofort sich umgedreht, geht er zur Mitte der Ruine, um von dort die Feuerwehrsteckleiter herunterzuklettern und dann das Haus zu verlassen.

„Hier, nach Euch beiden suche ich gerade!“, ruft er den beiden über die schmale Straße zu.

Wie auf ein Kommando schauen Piet und Birke herüber, während im Hintergrund der Bademantel-Mann durch die Haustür eines älteren Nachbarhauses verschwindet.

„Und Ähnlichkeit mit Jean Paul Belmondo soll der Hauptkommissar haben“, fällt ihm wieder ein. Hannes hat das bisher nicht unbedingt so empfunden, aber auch nie besonders darauf geachtet.

Doch jetzt, wo er da so steht …

„Ja, die Augenpartie, die Nase vielleicht. Und sicher auch ein Stück weit die Mimik“, wägt er kurz ab.

Sieht man mal von den blonden Haaren und den grünen Augen ab, denkt sich ein paar Stirnfalten weg und packt gute 10 cm Körperhöhe obendrauf: Richtig geschminkt könnte man aus dem Hauptkommissar zumindest ein „ungefähres Double“ eines mittelalten Belmondo machen.

„Moin!“

„Ah, Du schon wieder!“, lächelt Birke.

„Schlimme Sache! Du kommst gerade von drinnen?“, fragt Piet.

Hannes nickt ihm zu – und fängt kurz darauf ohne weitere Umschweife an, den beiden zu berichten.

Er selbst habe die beiden Brandopfer letzte Nacht aufgefunden.

„Die eine, augenscheinlich kleinere Person war nicht ganz so … entstellt.“ Der Kopf zwar komplett schwarz verrußt, aber ansonsten noch intakt. „Einige verkohlte Reste der ursprünglichen Kleidung waren zu erkennen. Und die in solchen Fällen typische *Fechterstellung*: nur angedeutet!“

Er wolle und dürfe nicht ins Detail gehen, sei sich aber ziemlich sicher, dass es sich um die Frau handele – also ja, wahrscheinlich Lydia Hansen.

Dann der andere Körper, schätzungsweise fünf Meter vom Fundort der ersten Leiche entfernt:

„Wirklich massiv verbrannt, ausgeprägte Fechterstellung, der Kopf stark verkohlt. Keine Haut mehr, keine Ohrmuscheln, keine Augen …“. Kopfschüttelnd bricht er die Aufzählung ab und ergänzt: „Wohl der Mann!“

So etwas wie diese Leiche habe er in seinen fast 25 Dienstjahren nur selten gesehen. Und wenn, dann waren es fast immer Suizidfälle …

„Was? Selbstmord? Erik und Lydia?“ Piet schaut kurz irritiert, fragt dann direkt: „Was sagt denn die Gerichtsmedizin?“

„Frau Dr. von See habe ich hier schon vor gut eineinhalb Stunden gesehen. Aber die ist schon wieder weg!“ Und Hannes führt fort: „Soweit ich weiß, hat sie die Leichen für den Abtransport auch freigegeben. Die sind aber noch nicht abgeholt worden, liegen noch immer im Haus!“

„Und - was sagt denn unser Neuer dazu?“, fragt Piet und wendet sich Birke zu.

Mit dem habe sie kurz sprechen können. Detlev wolle den weiteren Untersuchungen nicht vorweggreifen, hält aber wegen möglichem Einsatz eines Brandbeschleunigers auch einen erweiterten Selbstmord für möglich!

„Genau, das habe ich auch so rausgehört!“, mischt sich Hannes ein.

„Du hast was?“

„Na, euer Brandermittler hat telefoniert, als ich im Nebenraum war, und da habe ich einfach nicht … weggehört!“

Kurz zieht Hannes einen Mundwinkel zu einem angedeuteten Grinsen hoch, fügt dann hinzu: „Auf alle Fälle hat er dann auch direkt Rick angefordert!“

Piet und Birke nicken. Ok, das macht dann Sinn, soll es heißen.

Auch Hannes weiß, dass der Polizeischäferhund, der für das Aufspüren von Brandmitteln abgerichtet ist, bei der Polizei im etwa 80 Kilometer entfernten Stade stationiert ist.

„Also, wenn die sofort losgefahren sind? Bei dem Verkehr heute Morgen? In einer guten halben Stunde könnten die hier sein …“

3 Jahre zuvor: Erik und Lydia

Tränen standen in ihren Augen.

Wie unendlich leid sie ihm tat!

Ausgerechnet heute, hier und jetzt …

Ihre *gläserne Hochzeit* hätten sie eigentlich feiern wollen: 15 Jahre gemeinsame Ehejahre!

Und - glücklich wie am ersten Tag waren sie!

Keine leere Phrase war das, einfach mal eben daher gesagt – nur weil man gemeinsam dieses Datum geschafft hatte.

Nein. Nie hatte Erik einen Menschen derart geliebt wie seine Lydia. Und er wusste: Sie fühlte ebenso ...

„Erik, was sollen wir jetzt bloß machen?“

Der Kellner im Fischrestaurant *Seeterrassen* war gerade an ihren Tisch getreten, um die Bestellungen aufzunehmen. Ein freundlicher Blick zu ihm, dann zu ihr.

„Oh, Entschuldigung! Ich komme dann gleich nochmal wieder!“, sagte er in dem Moment, als er die Situation erkannte, und ging direkt wieder.

Erst am späten Nachmittag, ein paar Stunden vor ihrem Restaurantbesuch, da hatte Lydia von der schlimmen, abschließenden Diagnose erfahren.

Warum nur hatte sie ihn nicht direkt angerufen?

„Bleib erstmal ruhig, Schatz! Und die Ärztin ist sich da auch ganz sicher?“

Ein stummer Blick von ihr.

Daraufhin ein kurzes Nicken von ihm: Stimmt. Was für eine blöde Frage!

Aber auch er war einfach nur hilflos.

Was sollte er ihr denn jetzt bloß sagen? Bei einer solchen Krankheit? Bei einer anstehenden Blindheit!

Allein der Gedanke: Lydia wird irgendwann nichts mehr sehen, wird ein Leben in völliger Dunkelheit führen müssen!

„Retinitis pig … was?"

„Retinitis pigmentosa! Meine Großmutter hatte wahrscheinlich das Gleiche. Und war daraufhin … bis zu ihrem Lebensende blind. Fast 20 Jahre lang!"

Erik griff über den Tisch, nahm ihre Hand.

„Und es gibt wirklich keine Chance, keine Möglichkeit einer Behandlung?"

Sie schüttelte den Kopf.

Erneut standen Tränen in ihren Augen.

„Wie lange? Ich meine, wie lange wird es noch dauern?"

„Das weiß man nicht genau. Aber wahrscheinlich hatte ich es schon als Kind. Ich habe Dir mal davon erzählt. Es fing mit dieser Nachtblindheit an. - 5 Jahre vielleicht noch? Vielleicht auch weniger!"

Diese Angst. Diese Hilflosigkeit!

„Verdammt, sie braucht Hilfe! Irgendetwas muss man doch tun können! In den USA oder auch Kanada vielleicht – dort, wo die Medizin weiter ist!", dachte er verzweifelt.

Und auch seine Augen wurden feucht, als er sich umdrehte, um nach dem Kellner zu schauen.

Denn an ein Essen war jetzt definitiv nicht mehr zu denken!

Kapitel II - gleicher Tag - Das Kommissariat

Der Aktenführer - später Vormittag

Dumpf brummt die weinrote *Senseo.*

Der wievielte Kaffee ist es heute schon? Der Sechste … ohne den, den die Maschine gerade durchdrückt.

Er braucht sehr viel von dem Zeugs, insbesondere gleich morgens im Büro.

Doch ist er deswegen gleich ein Junkie, so, wie seine Kollegin Birke es immer mal wieder lachend behauptet?

„Obwohl, eigentlich hat sie ja recht“, überlegt Knut. Denn immer dann, wenn er mal zu wenig, oder schlimmer, mal gar keinen Intus hat, dann wird er auffallend schnell nervös, unruhig und bekommt nach einer gewissen Zeit sogar recht hartnäckige, stechende Kopfschmerzen.

Egal jetzt, man hat ja sonst keine Laster! Und besser als Alkohol ist es allemal ...

Die beiden Schreibtische in dem Büroraum stehen sich direkt gegenüber.

Wobei sich sein Tisch deutlich von ihrem unterscheidet - zu erkennen allein schon an der vor ihm angebrachten rundlichen Einbuchtung in der Tischplatte. Verschiedentlich verstellen lässt er sich, ist ergometrisch, eine spezielle Konstruktion für Behinderte, oder was viele ja lieber hören: Für Menschen mit einem Handicap.

Ihm ist eigentlich egal, wie man es nennt.

Fest steht, dass Oberkommissar Knut Bartelsen seit seinem Skiunfall vor 8 Jahren an den Rollstuhl gefesselt ist, seitdem mehr oder weniger zum Innendienst gezwungen ist.

Er schaut herüber.

Der Arbeitsplatz vor ihm ist leer, Birke noch immer im Einsatz an der Brandstelle in Döse - zusammen mit Piet, ihrem gemeinsamen, direkten Vorgesetzten.

„Meine Güte, das Ehepaar Hansen!“, sinniert er.

Doch auch so kann das Leben sein!

Knall auf Fall ist auf einmal alles aus - und zwar endgültig. Ein Unfall, ein unvermitteltes, ein böses Schicksal?

Obwohl, dagegen würde natürlich sprechen, was seit heute Morgen in der Polizeibehörde die Runde macht:

Womöglich war es überhaupt kein Unfall, womöglich könnte auch Suizid - Brandstiftung die Ursache für den Brand gewesen sein, die Hansen selbst das Feuer gelegt haben.

Knut gibt nicht viel darauf. Es ist nur ein Gemunkel, wahrscheinlich ausgehend von den uniformierten Kollegen. Höchstens ein Halbwissen also und irgendwelche Spekulationen, die darauf aufbauen. Denn auch bei der Cuxhavener Polizeibehörde wird schließlich getratscht.

Dabei ist Knut derjenige, der bald schon über die genauen Hintergründe des Hausbrandes Bescheid wissen werden wird.

Fakten, sämtliche Details!

Aktenführer des Fachdezernates nennt er sich offiziell.

Eine immens wichtige Position, die eigentlich dem stellvertretenden Dezernatsleiter vorbehalten ist. Doch dann hat man ihn dafür auserkoren.

Ob Spurensicherung oder auch Ermittlungsergebnisse: Knut führt über komplett alles Buch.

Er dokumentiert Verdacht und Ergebnis, koordiniert, ist zudem Anlaufstelle für Fragen der einzelnen Kollegen.

Und muss darüber hinaus natürlich auch liefern … der Staatsanwaltschaft, den Gerichten.

Sein Blick geht zur Seite.

„Ist die verdammte Tasse etwa schon wieder fast leer?“

Sein Magen grummelt, irgendwie macht sich ein Brennen breit.

Jetzt aber erst mal eine Pause! Der nächste Kaffee? Den trinkt er frühestens in einer Stunde!

… etwas später – gleiches Gebäude - Piet

Es ist eine typische Polizeibehördenstruktur, so, wie man sie häufig in ländlichen Gegenden Deutschland vorfindet.

Das Präsidium befindet sich im 100 Kilometer entfernten Oldenburg, dem mehrere Inspektionen untergeordnet sind.

Eine davon ist die in Cuxhaven, zuständig für die Stadt und das recht große *Cuxland.*

Das Haupthaus in der Werner-Kammann-Straße ist ein Gebäude über 5 Etagen.

Doch der Platz dort reicht schon lange nicht mehr aus.

Allein schon die Statistik spiegelt das Problem: Immer mehr Kriminalität, immer mehr Arbeit, deshalb immer mehr Kollegen – und das seit Jahren schon.

Und deswegen wird direkt nebenan, auf dem Grundstück des ehemaligen Gaswerkes, gerade ein ähnlich großes Gebäude errichtet.

„So völlig anders als damals auf der Davidwache“, erinnert er sich. Die Zuständigkeit dort? Vielleicht ein knapper Quadratkilometer! Allerdings auch einer, der es in sich hatte.

Piet geht den Flur der 3. Etage entlang.

Rechts und links stehen fast sämtliche Bürotüren offen. Denn es ist warm, die Sonne an diesem Augustmittag noch recht kraftvoll und im Zenit. Das Problem: die fehlende Klimaanlage. In dem neuen Gebäude, da soll es anders werden …

Piets Kollegen sind in kurzärmeligen Hemden oder Shirts bei der Arbeit, einige wohl schon in der Mittagspause.

Moin - auch mal ein *Mahlzeit!*

Piet kennt sie natürlich alle, bleibt aber nirgendwo stehen, um zu schnacken, um vielleicht kurz ein paar Worte zu wechseln.

Er steht noch immer unter den Eindrücken des Vormittags. Sie sind weitergekommen, Birke und er wissen jetzt einiges mehr.

„Noch immer nichts gegessen! Zumindest ein Kaffee wäre jetzt ja nicht schlecht“, überlegt er.

Da, die vorletzte Tür am Ende des Ganges, dort ist sein Ziel.

Auch wenn die Pads *extra stark* aus seiner privaten Maschine immer recht bitter schmecken: Knut gibt sicherlich einen aus!

... kurz darauf

Piet stellt seinen Becher gerade wieder vor sich ab und schaut von einem Gesicht in das nächste.

Birke, die gut 10 Minuten vor ihm im Kommissariat erschienen ist, sieht nachdenklich in Richtung Fenster.

Schreibgeräusche sind zu hören.

Sie kommen von Knut, der wie so oft einen eifrigen, fast hektischen Eindruck macht, wenn es darum geht, aktuell Besprochenes auf seinem Block zu fixieren. Immer in Steno und immer mit einem Bleistift in HB-Stärke.

Nachher, im Anschluss, da wird der Endfünfziger mit dem schütteren Haar und dem fast immer griesgrämigen Blick alles in das Computer-System eingeben.

Und dann ist da noch sein Chef Peter Schneider, der Dezernatsleiter, der Piets Blick gerade erwidert.

Ein groß gewachsener, schlanker Mann ist er, etwa im gleichen Alter wie Knut.

Schneider ist Zigarillo-Raucher, der durch seinen Anchor-Bart irgendwie etwas Erhabenes, etwas Edles ausstrahlt - ähnlich einem spanischen Edelmann, optisch Typ Don Quichotte vielleicht ...

„Also gut, wir wissen jetzt, dass irgendein Brandbeschleuniger im Spiel war“, sagt Peter in seiner tiefen und ruhigen Stimme, wodurch er immer sehr bedächtig wirkt.

„Zweifelsfrei! Der Brandmittelspürhund hat vor wenigen Stunden klare Zeichen gegeben“, erklärt Birke.

„Ok - die Stelle, an der zuvor der stärker verbrannte Körper aufgefunden wurde?“

„Genau. Also … die Reste davon. Wir gehen davon aus, dass es der Hausbesitzer ist!“

„Erik Hansen also. Der, wie ich gehört habe, unter Umständen das Feuer auch selbst gelegt haben könnte?“

„Richtig, mit Betonung auf *könnte*!“, meint Piet und fasst weiter zusammen:

Also, Brandbeschleuniger - definitiv ja! Doch nur an der einen, der vermutlich männlichen Leiche. Bei der anderen dagegen …keinerlei Nachweis davon.

„So, verschiedene Arten von Suizid wären natürlich denkbar. Etwa so: Er kommt nach Hause und findet sie tot auf. Und bringt sich aus Verzweiflung direkt selbst um. Oder auch so: Er ermordet sie, tötet sich dann selbst. Oder vielleicht auch ganz anders: Irgendjemand bringt beide um und richtet alles nur so ein, dass es nach Suizid aussieht!“

Er schaut in die Runde und fügt an: „Oder, oder, oder. Erstmal muss festgestellt werden, woran genau sie gestorben sind. Und … ob es sich tatsächlich auch um das Ehepaar Hansen handelt.“

„Ja natürlich. Die Gerichtsmedizin hat sich noch nicht gemeldet? Wann bekommen wir von dort ein Ergebnis?“, fragt Peter.

„Puh. Bei der einen Leiche wird das sicherlich etwas einfacher sein. Bei der anderen jedoch … bei dem Verbrennungsgrad? Das könnte dauern,“ antwortet Birke und ergänzt: „Die Identitäten dagegen, anhand der Zahnstatus – sicher, das dürfte schneller gehen.“

Immer wieder macht sich Knut Notizen, schweigt aber ansonsten.

Piet kneift die Lippen zusammen. Er sieht erneut Erik Hansen vor sich.

„Suizid?“

Was könnte diesem durch und durch positiven Menschen nur widerfahren sein? Die Ehe womöglich wirklich am Ende? Eine schwere Erkrankung - Krebs im Endstadium? Schwere Depression, plötzliche Psychosen? Und dann: Der Mann war ja Jäger und besaß Waffen.

Warum wählt der dann ausgerechnet diese Art, um aus dem Leben zu gehen?

Ein Blick zu Birke.

Als sie den erwidert, schüttelt er kurz ansatzweise den Kopf ...

... gleiche Sekunde - Birke

... er überlegt, und er zweifelt ... sie erkennt das!

Nach all den Jahren der engen Zusammenarbeit kennt sie ihren Ermittler-Partner recht genau, vermag immer öfter seine Mimik, auch seine Blicke zu deuten!

Blindes Verständnis, auch ohne besondere Ansage, ohne lange Erklärungen.

Irgendwie ist es fast wie bei einem alten Ehepaar. *Goldene Hochzeit:* Du musst mir nichts sagen, ich sehe auch so, was du willst und meinst. Ob es dir gut geht oder nicht ...

Schnell verdrängt Birke das Bedürfnis, bei dem Gedanken zu schmunzeln.

Knut hat aufgehört, sich Notizen zu machen, und schaut voller Erwartung erst zu Peter, dann zu ihr.

„Ich habe hier noch eine Zeugin, die in der Nacht das Feuer mitentdeckt hat!“, sagt sie schließlich und blättert dabei in ihren Notizen.

„Lydia Hansen soll nicht mehr gesund gewesen sein. Eine Augenerkrankung! Und, warte … wohl eine besonders böse! Eine, die irgendwann sogar zur Erblindung führen soll!“

Die Schreibgeräusche nehmen wieder Fahrt auf.

„Aha!? Weißt du mehr? Wie heißt die Krankheit denn genau?“, fragt jetzt Knut.

„Also, daran konnte sich die Zeugin nicht erinnern. Es soll wohl ein recht komplizierter Begriff sein. Irgendetwas auf Latein eben. Auf alle Fälle soll die Krankheit wohl vererbbar sein.“

„Ok! Das wird ja rauszubekommen sein, oder? Knut - Du fragst bei den Augenarztpraxen nach?“ sagt Peter, der es nicht extra hätte ansprechen müssen.

Denn schließlich sind alle, ist die gesamte Abteilung ein gut eingespieltes Team, in der jeder die Abläufe, jeder seine eigenen Aufgaben genau kennt.

Doch immer zu Beginn einer Untersuchung stellt sich der Dezernatsleiter gern nach vorne, hinterfragt und ordnet ein wenig an. In erster Linie tut er das wohl, um sich einen Überblick zu verschaffen.

Denn in der Folge dann übernimmt in aller Regel sein Stellvertreter.

„Der Neue ist noch immer am Tatort?“, fragt Piet.

Es ist das erste Mal, dass Birke diesen Begriff im Zusammenhang mit dem Brand hört: *Tatort*!

Hat er ihn extra gewählt?

Aber natürlich hat er Recht. Denn letztendlich scheint, wie und durch wen auch immer, eine Tat begangen worden zu sein!

„Also, zuerst bin ich, kurz darauf dann ja wohl auch Du dort weggefahren, Piet. Ob Detlev jetzt noch da ist? Ich habe keine Ahnung."

„Mein letzter Wissensstand ist, dass man deren Dackel noch nicht gefunden hat?"

„Das stimmt", und nach einer kurzen Pause antwortet sie weiter: „Aber - der wird es schon auch nicht gewesen sein!"

Alle lachen kurz.

Sie guckt ihn an.

War das jetzt unpassend?

Doch auch Piet grinst.

... eine Stunde später - Piet

Die Lehne seines Schreibtischstuhles knarzt etwas, als er sich zurücklehnt.

Sein Raum ist identisch mit dem von Birke und Knut, direkt nebenan. Nur eben, dass er ihn allein nutzen darf.

Der Schreibtisch konnte deswegen auch etwas größer ausfallen. Weniger Regale als bei den beiden, und ein kleinerer, ovaler Besuchertisch mit 4 Stühlen steht auf der rechten Seite. So wirkt alles etwas großzügiger, nicht ganz so funktional. Eben repräsentativer.

Piet schaut in Richtung des Fensters.

Einige Meter unter seinem Büro befindet sich eine Sackgasse, ein paar Hundert Meter weiter rechts sein kleines Kapitänshaus.

„Mal eben rüber? Schnell unter die Dusche, danach kurz etwas zwischen die Kiemen schieben?“

Eine halbe Stunde Zeit hätte er jetzt sicherlich.

Peter hat ihm zuvor die Dinge, die Leitung übertragen.

„Übernimm´ Du jetzt das Ruder!“ Ein fast väterliches Lächeln, ein kurzes Schulterklopfen, und weg war er.

Typisch für ihn, so ist er eben. Eine Art graue Eminenz, die im Hintergrund waltet und schaltet, in erster Linie daran interessiert ist, dass alles in seinem Sinne läuft.

Nun denn.

Piet selbst hält es schließlich ähnlich.

Delegieren …

Die Hauptsache auch für ihn, dass die Kollegen ihm den Rücken freihalten, er sich auf sie verlassen kann.

Um sich möglichst auf das Wichtigste fokussieren zu können: die reine Aufklärungsarbeit.

Sein Telefon klingelt und er nimmt ab.

„Grüß Gott, mein Lieber!“ ist zu hören.

Es ist Sepp, mit dem er gestern Abend in der *Sturmflut* noch auf ein paar Bier zusammengesessen war.

„Ach ja, auf Dich habe ich schon gewartet! Moin!“

Gerichtsreporter bei der Cuxhavener Allgemeinen ist der gebürtige Münchener, und damit auch für alles zuständig, was mit Mord und Totschlag - oder eben auch mit Brand zu tun hat.

Klar, dass er darüber berichten muss, die Dinge jetzt möglichst genau hinterfragen will.

„Das ist ja ein Ding, Piet! Ich komme eben gerade aus Döse. Es ist einfach nur schrecklich! Steht denn schon fest, ob die beiden Opfer tatsächlich auch die Hausbewohner sind?“

Seit gut 25 Jahren lebt Sepp, eigentlich Josef Huber, nun schon in Cuxhaven. Doch seinen mittelbairischen Akzent, den wird er wohl niemals los. Wobei - er das wohl auch gar nicht will. Und so ist er in der Stadt natürlich längst zu einem Unikat geworden.

Wie hieß noch gleich die Polizei-Uraltserie aus den 1990ern? *Ein Bayer auf Rügen.*

Ein bisschen kommt so auch Sepp rüber, nur dass er optisch ein völlig anderer Typ als *Wolfgang Fierek*, zudem eben in Sachen Journaille unterwegs ist.

Ganz klar, es ist sein Markenzeichen, das er genießt und das er insoweit auch pflegt.

„Nö Sepp, noch kein klares Ergebnis. Mal schauen, wie lange die Gerichtsmedizin noch braucht. Heute, vielleicht auch erst morgen,“ antwortet Piet und ergänzt:

„Aber die Wahrscheinlichkeit ist schon sehr hoch, dass sie es sind! Trotzdem solltest Du noch ein Fragezeichen dahinter schreiben!“

Kapitel III - Dienstag, 19. August

Dienstagmorgen - irgendwo im Cuxland

Seine Unruhe will nicht weichen.

Es ist nicht sein Zuhause!

Alles ist fremd hier, alles riecht so völlig anders:

Die Luft in dem Raum und auch die Decke, auf der er liegt.

Ungewohnt hart, der Boden unter ihm.

Nicht zu vergleichen mit seinem Korb!

Wasser steht da.

Und auch etwas zu fressen.

Doch das hat er noch nicht angerührt.

Immer wieder geht sein Blick in Richtung der Tür, von der er weiß, dass sie nach draußen führt.

Er hört auf zu hecheln, leckt sich einmal über die Nase.

Und legt sich dann mit einem Ächzen hin - den kleinen lockigen Kopf direkt vor seine kurzen Vorderläufe ablegend. Die Dackelohren, eben noch angespitzt, fallen nach hinten.

Wo bleibt sie nur?

Kommt sie gleich herein, um ihn zu begrüßen?

Ihn zu rufen, ihn dann zu streicheln, und um schließlich den Beutel mit seinen Bonbons herauszuholen?

Abermals ein Winseln.

Aber nur leise.

Er ist erschöpft.

Hört sie ihn denn nicht?

Hol mich endlich ab!

… gleiche Zeit - Büro von Birke und Knut

Sie kontrolliert nochmals ihre Aufzeichnungen.

Erik Hansen.

43 Jahre alt, geboren in Neustadt in Holstein. Von der Ostsee an die Nordsee also.

Seit gut 18 Jahren wohnhaft in Cuxhaven, etwa die gleiche Zeit mit Lydia verheiratet. Geschäftsführer seiner eigenen Firma in der Industriestraße, dem größten Gewerbegebiet der Stadt, ist er.

Die Hansen Bau GmbH hat acht Angestellte - läuft recht gut, schreibt regelmäßig schwarze Zahlen, ist rentabel.

Gestern schon hat Birke nach seinen Angehörigen geforscht.

Das Ergebnis: Übersichtlicher geht es kaum!

Keine eigenen Kinder, der Vater schon vor längerer Zeit verstorben.

Er war ein Einzelkind und hatte von daher auch keine Geschwister.

Einzig seine Mutter ist noch da: Helene Hansen.

Ihr aktueller Wohnort ist identisch mit seinem Geburtsort: Neustadt, Schleswig-Holstein, gut 250 km von Cuxhaven entfernt.

Mitte 70 ist die Frau, lebt dort in der *Dana*, einer Seniorenresidenz. Gemäß Google ist die kein 08/15, sondern offensichtlich ein recht exklusives, ein feudales Haus!

„Das kostet sicherlich was …“, denkt sie.

Rein faktisch war natürlich noch keine endgültige Todesnachricht zu überbringen.

Aber was heißt das schon:

Vorbehaltlich der abschließenden Ergebnisse der Gerichtsmedizin ....

Und so war Birke froh, es delegiert haben zu können.

Einer alten Mutter mitzuteilen, dass der einzige Sohn mit großer Wahrscheinlichkeit nicht mehr lebt? Schlimmer noch, dass der auf schier entsetzliche Art und Weise umgekommen, weil verbrannt ist? Nun wirklich nicht!

Die Polizei Neustadt hat der Frau dann schließlich gestern die Nachricht persönlich überbracht.

Wobei das, wie sich hinterher herausstellte, aus einem ganz anderen Grund gar nicht so einfach gewesen ist.

„Frau Hansen leidet unter einer Demenz", so die telefonische Rückmeldung des Kollegen.

„Ob sie das wirklich alles verstanden hat? Sich der Tragweite bewusst geworden ist? Wir haben da so unsere Zweifel …!"

… gleiche Sekunde, gleicher Raum

Knut macht gerade, wie immer mal wieder, eine seiner mentalen Pausen. Raus aus der Konzentration, einfach mal die Gedanken schweifen lassen.

Ein Blick vorbei an seinem Monitor: Die Kollegin telefoniert gerade.

Beide sind Beamte im gehobenen Dienst, beide Oberkommissar. Die gleichen Dienstgrade also.

Als der Dienstältere hat er ja eigentlich das Sagen - zumindest formal. Doch das hat er bisher eher selten umgesetzt.

Er mochte sie von Anfang an, wollte ein entspanntes, ein freundschaftliches Verhältnis zu Birke.

Also, die Dinge immer möglichst gemeinsam abstimmen …

Oder auch mal zurücktreten und ihr die Entscheidung überlassen, wenn es darum geht, einen Vorgang gemeinsam zu bearbeiten.

So, wie gestern:

„Dann kümmerst Du dich um Lydia … und ich mich um Erik Hansen?“, meinte Birke.

Er nickte ihr nur zu. Geht in Ordnung.

Zumal es für ihn eh die vermeintlich einfachere Aufgabe war, weil er als Einheimischer das weibliche Opfer natürlich kannte.

Hansen - ein in Cuxhaven durchaus bekannter Name.

Wobei ihr Mädchenname Stedinger noch einen ganz anderen Klang hat:

Über 100 Jahre ist es her, dass ihr Urgroßvater mit einer kleinen Werkstatt angefangen, die im Laufe der Jahre zu einem richtiggehenden Maschinenbauunternehmen aufgebaut hat.

Der Großvater führte es fort, genau wie daraufhin ihr Vater: Hans Stedinger!

Knut kann sich noch gut an ihn erinnern.

Die 3. Generation war klar die erfolgreichste.

Hans hat richtig Musik in den Laden gebracht: Patente gekauft, umstrukturiert, größere Aufträge rangeholt. Von vielleicht 30 Mitarbeitern ging es schnell hoch … auf weit über 150!

Doch dann war da dieser fürchterliche Autounfall, irgendwo in Südfrankreich.

Wann war das noch gleich? 2003 oder 2004.

Zu schnell, irgendwie eine Kurve nicht gekriegt und dann frontal gegen einen Baum!

Beide, Hans wie auch Sabine, die Mutter von Lydia, hatten keine Chance, waren auf der Stelle tot!

Oh ja, …was war das für ein Stadtgespräch damals!

Sogar die Zeitungen in Hamburg und Bremen berichteten darüber.

Lydia, damals vielleicht Anfang 20 und noch mitten in ihrem Lehramtsstudium, stand auf einmal allein da.

Unterstützung, etwa von der jüngeren Schwester von Hans oder auch deren Tochter, die erfuhr sie höchstens anfangs. Denn danach entbrannte ziemlich schnell ein Streit um das Erbe.

Knut schnappt sich einen seiner frisch angespitzten Bleistifte und hakt sicherheitshalber nochmal die Namen auf der Liste der Hinterbliebenen von Lydia nacheinander ab, die er gestern bereits in das System eingegeben hatte:

Ruth, ihre Tante.

Petra, die Cousine.

Und schließlich ist da noch Emma, die Tochter von Petra, und damit Lydias Großcousine.

Nur Ruth war mal verheiratet.

Eine geborene Stedinger … dann geschiedene Pfitz.

Jetzt tragen alle den gleichen Nachnamen.

Und sie alle … wissen seit gestern Bescheid!

… etwa gleiche Zeit – Brandhaus - Piet

Er soll sich auf der rechten Seite befinden, dort, wo das Dach teilweise heruntergekommen ist.

„Bist Du da dahinten irgendwo?“, ruft er etwas unsicher.

Direkt darauf ist die Stimme von Detlev zu hören:

„Jooh, nur keine Scheu, komm einfach durch. Hier ist es recht stabil, es kommt nichts runter!“

Piet drückt das rot-weiße Polizei-Absperrband, das vor dem Wohnzimmereingang hängt, nach oben und geht durch.

Der ausgebrannte Raum ist taghell, denn von allen Seiten strömt Licht herein: durch die Fensteröffnungen und durchs offene Dach. Oder auch durch die große Öffnung am Ende des Raumes. Zuvor war das sicherlich mal eine sehr breite Terrassentür, denn im Hintergrund ist der Garten zu sehen – am Ende begrenzt durch eine Hecke.

Richtig, der Bademantel-Zeuge von gestern: die Zypressenhecke, vor der die beiden Feuerschalen standen.

Schwarz Verbranntes unter ihm, noch und nöcher, dazwischen die Reste vieler Dachziegel. Er muss aufpassen, wohin er tritt.

Kurz schweift sein Blick nach rechts. Völlig verbrannt, aber noch zu erkennen: Die Reste eines verbrannten Klaviers.

Und links, ein Stück weiter, polizeiübliche Markierungen: Der Fundort einer der beiden Leichen …

Der Neue schließlich sitzt weiter hinten, in der Hocke, seitlich der vormaligen Terrassentür … und untersucht ganz offensichtlich etwas auf dem Boden.

„Na Detlev … kommst Du voran?“

„Ja, na ja, ich suche noch immer. Es ist nicht ganz einfach. Einige Puzzleteile fehlen noch! Du siehst ja, wie es hier aussieht!“

Detlev trägt die üblichen Einweghandschuhe, weswegen sie aufs Händeschütteln verzichten.

Er ist ein typischer Rotschopf. Voller Sommersprossen und auffallend blass – für diesen doch langen, sehr sonnigen Sommer. Die Gläser seiner modernen Hornbrille scheinen kräftiger zu sein, denn die Augen dahinter wirken irgendwie vergrößert.

Von wo aus ließ sich der Kollege noch gleich hierher versetzen? Angeblich soll seine Ehefrau unter Asthma leiden, was wohl einer der Hauptgründe für den Umzug war: Cuxhaven - und das gesunde Nordsee-Reizklima eben.

„Alles gut. Die andere Hausseite ist ja nicht ganz so zerstört?“

„Genau. Und das, obwohl dort in einem extra Raum Munition und Waffen lagerten. Aber zum Glück war alles vorbildlich gesichert. Das Einzige, was war … die Tür war nur angelehnt.“

„Das Feuer ist dort also nicht durchgedrungen?“

„Zumindest nicht richtig. In der Kammer ist aber alles stark verrußt. Und dann der Löschschaum …“

„Verstehe. Und hier? Was ist mit dem Brandbeschleuniger? Gibt es weitere Spuren? Was fehlt denn noch?“

Detlev nickt und deutet nach unten.

„Also, hier lagen die Überreste der stärker verbrannten Leiche. Ganz klar, der Körper muss zuvor mit einer doch erheblichen Menge Benzin oder Ähnlichem übergossen worden sein!"

Piet schaut sich direkt um.

Wenn es tatsächlich Selbstmord war, dann müssten in der Nähe auch entsprechende Spuren zu finden sein.

„In der Nacht vor dem Brand, da waren im Garten ja zwei Feuerschalen im Betrieb!", denkt er laut.

„Genau, daran habe ich natürlich gedacht. Viele nutzen dafür zum Beispiel flüssigen Brennspiritus. Bisher haben wir aber noch nichts gefunden. Irgendein Behältnis, oder auch Reste davon."

„Wie viel von dem Zeugs könnte denn zum Einsatz gekommen sein? Kann man das schon sagen? Ich meine: ein oder zwei Liter, oder eher mehr?"

„Mehr, doch ... das mit ziemlicher Sicherheit!", weiß Detlev und schiebt dabei die Hornbrille hoch.

Piet überlegt weiter.

Mehrere Liter, also waren es womöglich mehrere Flaschen? Oder, vielleicht wahrscheinlicher, gleich etwas mit mehr Volumen?

„Stellen wir uns mal vor, er hat etwas Größeres, vielleicht eine Art Kanister gehabt. Übergießt sich komplett, um sich kurz darauf selbst anzustecken. Was aber ist mit dem Kanister selbst geschehen? Er lässt ihn direkt fallen, und der verbrennt dann mit. Klar, dann müsstest Du da, wo Du bist, auch irgendetwas finden." Und Piet fügt an: „Oder aber..."

„Oder aber ... er wirft ihn ein Stück weit von sich weg!", vollendet Detlev den Satz.

„So sehe ich das auch.“

Piets Blick wendet sich.

Nur wenige Meter weiter befindet sich die Wand, die beim Brand teilweise eingebrochen ist ...

Dort, unter den auf dem Boden liegenden Haufen von Mauersteinen vielleicht?

... später Vormittag - Gerichtsmedizin - Birke

Birke rümpft die Nase.

Typisch, an solchen Orten riecht es immer nach Desinfektionsmitteln. Jetzt zusätzlich auch nach Nagellackentferner.Und das andere, was ist das, Knoblauch? Gerüche von Körpern, die stark verbrannt sind …

Sie schaut zu der einen Leiche herunter. Und erinnert sich direkt an die Schilderungen, an das, was der Feuerwehrmann Hannes gestern gesagt hat.

„Ja tatsächlich, genauso!“, denkt sie.

Es ist ein steriler Sektionssaal.

Kacheln an den Wänden und Fliesen auf dem Boden. Vier Kühlkammern an der Seite, zwei Spezialtische in der Mitte. Typisch für eine Gerichtsmedizin. Nur eben viel kleiner, denn in Cuxhaven wird dafür nur ein Raum in einem Gebäude neben dem Stadtkrankenhauses vorgehalten.

Das Haupthaus, das eigentliche Institut für Rechtsmedizin selbst, das befindet sich in Oldenburg.

„Die Todesursachen? Also, soweit man das jetzt schon sagen kann …“, erklärt Dr. Martina von See gerade und schaut erst Piet, dann Birke an.

„Diese Leiche hier ist weiblich. Ausgedehnte Verbrennungen am gesamten Körper, ein *Inhalationstrauma*. Die Lunge und die Atemwege sind stark beschädigt.
- Und … was sagt uns das alles?“

Sie wartet nicht lange, sondern antwortet direkt selbst: „Rauchvergiftung natürlich! Den Tod verursachend. Die Frau hier hat Kohlenmonoxid eingeatmet und wird daran sehr schnell erstickt sein.“

Birke ist etwas genervt.

Irgendwie hat Martina stets etwas Belehrendes an sich, weiß auch darüber hinaus gern alles besser.

Eine schwarze Brille trägt sie, hat einen weißen Arztkittel an. Graue Haare, die früher sicher mal recht dunkel gewesen sind, ein kurzer Pagenschnitt. Ähnlich groß wie Birke selbst ist Martina aber deutlich schlanker, fast dünn, hager …

„Wie alt mag sie wohl sein? 60, bestimmt. Oder auch schon darüber?“ Sympathie? Nein, die nun wirklich nicht. Keine lebenden Patienten, die sie nerven kann. Insofern wirklich besser, dass sie Pathologin geworden ist ...

„Und der andere Körper? Ich meine, die Reste davon?“, fragt Piet.

„Genau, Ihr könnt das ja selbst sehen. Völlig verkohlt“, und etwas flapsig fügt sie hinzu: „fast schon zerbröselt.“

Das sei definitiv auf einen vorherigen, massiven Einsatz von Brandbeschleuniger zurückzuführen.

„Verstehe. Und das Geschlecht? Die Todesursache? Was kannst Du dazu sagen?“

„Puh, na ja, nee. Auf den ersten Blick, die Form des Schädels, oder auch des Beckens: Ich würde schon sagen, dass das ein Mann ist. Die genaue Todesursache jedoch? Einfach so?“, die Ärztin schüttelt den Kopf. „Nein, keine Chance. Da müssen wir erst die toxikologischen Untersuchungen abwarten!“

Von beiden Körpern seien bereits Proben entnommen, so die Ärztin weiter, und heute Morgen direkt ans UKE, dem Universitäts-Klinikum in Hamburg Eppendorf, verschickt worden.

Kurz schweigen alle, als ein leises Brummen zu hören ist. Wessen Handy ist das?

Die Frage beantwortet sich im gleichen Augenblick von selbst.

Piet greift nach hinten, zieht sein iPhone heraus und schaut auf das Display.

Ein kurzer Blick in ihre Richtung, dann zu Martina: „Moment“, soll es heißen ...ich will da mal eben kurz rangehen.

„Moin!“, und kurz darauf: „Äh, es ist gerade unpassend! Kann ich Dich später zurückrufen?“

Nein, das kann er offensichtlich nicht. Denn die weibliche Stimme auf der anderen Seite redet einfach weiter.

„Ach so? Und tatsächlich sogar von beiden?“, fragt er.

„Na dann. Das wäre natürlich ... gut. Ich bin gerade an der Quelle, bei Dr. von See - kann das also direkt weitergeben. Sie meldet sich dann sicher gleich bei dir, okay?“

Er legt auf und steckt sein Telefon wieder zurück.

„So, ja. Das war Juliane, meine Ex. Wir haben Glück! So was kann einem auch nur in einer Kleinstadt passieren …“, erklärt er. „Die Hansen sind bei ihr in Behandlung gewesen. Beide! Die Zahnstatus könnten also direkt verglichen werden …

... gleiche Zeit - Kommissariat - Knut

Er schwitzt.

Besonders hinten, am Rücken, dort, wo die Lehne des Rollstuhles ist.

Diese Wärme ...

Oder genauer: diese Luftfeuchtigkeit!

Selbst jetzt noch, wenige Wochen vor Herbstbeginn.

Scheiß Klimawandel!

Dabei ist es in Cuxhaven nie so schlimm wie im Inland! Temperaturunterschiede zu dort betragen immer gleich mehrere Grade …

Kurz einmal tief eingeatmet, um die Luft mit einem Seufzer wieder auszupusten.

Eine gefühlte Ewigkeit ist schon her, dass ihn die Wache aus dem Erdgeschoss angerufen und zwei Zeugen angekündigt hat, die etwas zum Brand aussagen wollen.

Ein Ehepaar, Nachbarn der Hansens, wohl aus der Hausnummer 16, das nach zwei Tagen Ortsabwesenheit erst heute wieder zurückgekehrt ist.

Sofort hat sich Knut an etwas erinnert, was Piet gestern dazu herausgefunden hat, und direkt nochmal in seinem Rechner nachgelesen.

Jetzt blickt er erneut auf seinen Monitor, überfliegt abermals den Eintrag.

Ein Manfred Schlichting hat von einem lautstarken Streit am Vorabend zwischen einer neuhinzugezogenen Mutter und deren Tochter berichtet.

Namen und Adresse, alles ist eingetragen: Die haben die Hausnummer 14, dieser Schlichting die 18.

Keine direkten Nachbarn also, denn ein Haus liegt noch dazwischen.

So, und später hat Piet bei den vermeintlichen Streithühnern auch nachgefragt. Deren übereinstimmende Aussage: Nein, sie hatten keinerlei Streit an dem Abend gehabt - wie auch zuvor über das komplette Wochenende nicht.

„Das ist natürlich auch so eine Sache“, denkt er. „Wenn nicht die, wer dann?“

Doch gleich, gleich wird er vielleicht mehr erfahren.

Von den Leuten, die in der Hausnummer 16 wohnen!

Schon etwas ungewöhnlich, dass sie sich die Mühe machen, um extra vorbeizukommen …

Da - Stimmen und die Schritte von mehreren Personen sind zu hören.

Und kurz darauf: „So, bitte sehr, hier ist das Ehepaar Ahmad!“, sagt die uniformierte Beamtin.

Ein silberner Stern auf ihren Schultern.

Maike Klaasen ist Kommissarin, Mitte 20 und – soweit er weiß, bald schon eine neue Kollegin in seinem Fachdezernat … denn als ursprünglich gelernte Chemielaborantin hat sie sich bei der Spurensicherung beworben.

Ein kurzes Lächeln noch von ihr, als sie fragt:

„Du übernimmst bitte?“

… eine Stunde später – „Eine Spur?“ - Knut

Immerhin, womöglich ist das jetzt eine erste Spur!

Vielleicht steckt tatsächlich etwas anderes dahinter, vielleicht weht der Wind ja doch aus einer ganz anderen Richtung …

Er räuspert sich, als er das erste Freizeichen hört.

„Piet Stöver!“, ist zu hören.

„Ja, Piet, Knut hier! Ich wollte mich melden. Und erstmal fragen. Wo steckt Ihr und wie ist die Lage?“

„Alles okay hier, Knut. Wir fahren gerade vom Krankenhaus los, machen jetzt aber erst mal Pause. In einer guten Stunde werden wir wieder im Büro sein.“

„Alles klar. Gibt es bei Euch etwas Neues?“

„Oh ja, doch! Die beiden Toten sind eben gerade identifiziert worden. Wie der Zufall es so will: Beide waren ausgerechnet bei meiner Ex-Frau in Behandlung. Und anhand der Zahnstatus ist jetzt klar, dass es sich tatsächlich um Erik und Lydia Hansen handelt!“

„Verstehe. Sind sie es also doch! Irgendwo konnte man ja auch davon ausgehen. - Dr. von See wird noch berichten?“

„Sie ist sicher gerade dabei.“

„Sehr schön. Ich habe hier aber auch noch etwas!“

„Ach so?“

„Du erinnerst dich an den Zeugen Schlichting und an seine Aussage, dass es am Vorabend in der Nachbarschaft zu einem Streit gekommen sein soll?“

„Ähm, ja, klar.“

„Ich habe dazu eben gerade das Ehepaar Ahmad als

Zeugen vernommen. Er ist gebürtiger Iraker, sie Deutsche. Sie sind die direkten Nachbarn des Zeugen Schlichting. Du hast gestern ja schon versucht, mit denen zu sprechen, sie aber nicht angetroffen?“

„Ja, stimmt, ich erinnere mich.“

„Das Ehepaar hat eben übereinstimmend ausgesagt, dass es am Vorabend definitiv einen Streit gegeben haben soll! Aber nicht nebenan, sondern vielmehr … gegenüber!“

„Wie, gegenüber? Du meinst …?“

„Genau! Gegenüber bei den Hansen! Äh, hast Du schon mit Birke über die Angehörigen der Toten gesprochen? Da sind ja drei Generationen hintereinander. Zum einen ist da die Tante, zum anderen die Cousine. Und dann noch eine Dritte im Bunde, die Großcousine von Lydia. Emma Pfitz heißt die.“

Knut macht eine kurze Pause …

„Und exakt mit der soll sich Lydia am Sonntagabend gegen 20.00 Uhr vor ihrem Haus gestritten haben!“

... zehn Minuten später - Birke - *Sturmflut*

Dahinten, dort scheint noch etwas frei zu sein! In kurzen, schnellen Schritten läuft er vor ihr weg.

Doch aber Mittagessen, bei dieser Wärme?

Birke blinzelt, obwohl die Sonne hinter ihr steht.

Sie hat keinen richtigen Hunger.

Dafür aber Piet ...

„Hmm, ich weiß noch nicht genau. Aber ich habe Bock auf Fischiges. Mal schauen, vielleicht eine *Hafenmeister*!“, meinte er eben schon im Auto. Hafenmeister, das ist der Name für die Lachscremesuppe in der *Sturmflut*, seinem Lieblingslokal.

Das Restaurant ist wie üblich voll: Es ist Mittags-, zudem noch immer Urlaubszeit.

Einmal durch, nach hinten, am Ende der Außenterrasse, sein Ziel dort scheint frei zu sein: Ein Strandkorb, ein Tisch und drei leere Stühle.

Kurz davor jedoch bleibt er stehen. Doch nicht frei?

„Ist nicht wahr. Bist Du etwa immer noch hier?“ lacht Piet auf einmal.

„Da legst di nieda! Dann können wir ja direkt weitermachen“, die Antwort.

Ganz klar, diese Stimme, der Spruch und auch der Akzent! Das kann nur Sepp Huber sein!

„Na toll, ist also auch gleich die Presse mit an Bord“, denkt sie - und hält kurz inne. Denn irgendwie, da hat sie sich schon darauf gefreut, mit Piet allein zu sein.

Nachdenklich schweift ihr Blick über das Ende der Terrasse hinaus. Links der Fähranleger; dort, wo immer die *MS Helgoland* liegt.

Dahinter ist das Meer zu sehen. Oder genauer: noch die Elbe. Denn die wird erst gute zwei Kilometer weiter, an der Kugelbake, ganz offiziell in die Nordsee münden.

Vor ihr dreht sich Piet um, lächelt und tritt zur Seite, lässt ihr so den Vortritt, damit Sepp ihr zuerst die Hand zur Begrüßung reichen kann.

Sie erwidert sein Lächeln.

Alte Schule …

Sie mag das schon sehr.

10 Minuten später – gleicher Ort - Birke

„Na Du - kannst ja wohl auch alles nur mit Brot …!" Augenzwinkernd schaut Sepp sie an.

Birke zieht lächelnd eine Augenbraue hoch. Lederne Kniebundlederhosen hat er an, darüber kurzärmelig ein rot-kariertes Hemd. Bayrisch bieder eben … Doch eine Spitze, einen Kommentar dazu, den verkneift sie sich lieber.

Brot - aber natürlich!

Sie kennt es schließlich gar nicht anders, sie liebt es! Ob morgens, mittags oder abends: Zu Hause in Finnland gehört es immer mit auf den Tisch!

Und so ein bisschen auch jetzt ihre Wahl: Etwas Kleineres, eine Vorspeise nur:

Bruschetta mit geröstetem Hausbrot!

„Na dann, guten Appetit!“, wünscht die junge Kellnerin kurz darauf und verschwindet wieder mit einem Lächeln.

Piet, der ihr gegenübersitzt, macht sich gerade mit großen Augen über seine Fischsuppe her; Sepp, der Pressemann, hockt weiterhin rechts in dem Strandkorb.

„Aber bloß nichts davon drucken!“, meint Piet.

„Von dem Streit zwischen den beiden? Naa, das mache ich freilich schon nicht!“

„Und - wie lange ist das denn jetzt her?“, Piet schüttelt bei der Frage den Kopf: „Ich fasse es ja noch immer nicht! Ich meine, dass ausgerechnet Du und diese Emma Pfitz …“

„Na ja, wie lange?“ Sepp, der schon zuvor gegessen hat, nimmt einen weiteren Schluck aus seinem Jever-Glas und stellt es wieder ab.

„Puh, drei oder vier Jahre halt. Aber da war ja auch nicht viel!“

„Eine kurze Liaison, nur mal so …?“

„Genau. So besehen vielleicht ein Three- oder auch Four-Nights-Stand!“

Beide grinsen.

Birke stellt kurz demonstrativ den Mundwinkel quer. Eben noch Gentlemen, lassen die beiden jetzt so richtig den Kerl heraus.

„Nur Sex also, mehr nicht? Und doch hat sie mit Dir auch über derart Persönliches gesprochen?“

„Schon. Aber die Hansen betreffend ja eigentlich auch nicht viel Neues. Der Erbstreit hat ja damals in Cuxhaven so richtig die Runde gemacht!“

Kurz schaut Sepp erst ihn, dann sie an. Und scheint direkt weiteren Erklärungsbedarf zu erkennen, denn er holt weiter aus:

Hans, der Vater von Lydia, habe irgendwann den Löwenanteil der Stedinger Maschinenbau übernommen, sei geschäftsführender Gesellschafter geworden. Seine deutlich jüngere Schwester Ruth dagegen soll dabei ziemlich in die Röhre geschaut haben. Ein paar Prozente Firmenbeteiligung nur, eher eine Art kleine *Apanage*. Denn auch für die Firma selbst sei sie nie tätig gewesen.

Und dann habe Hans den Laden ja so richtig auf Vordermann gebracht, ihn gleich um ein Vielfaches vergrößert ...

„Das plötzliche Ende vom Lied vor rund 20 Jahren schließlich: Die Eltern von Lydia fahren sich beide tot. Sie erbt natürlich alles, der übrigen Verwandtschaft bleibt lediglich dieser … höchstens marginale Anteil." Und darüber habe sich Emma in seinem Beisein einmal ziemlich aufgeregt.

„Popelige 10 %" nannte sie es. Die für ihre Großmutter, letztendlich auch für sie und ihre Mutter ausreichen mussten!

„Und die damals, als ich und die Emma, Ihr wisst schon … wohl schon ziemlich verballert waren! Verkauft, beliehen, whatever!"

Lydia dagegen habe die komplette Firma mit den Patenten und allem Pipapo geerbt.

„Stellt Euch das mal vor. Werte von mehreren Millionen, mindestens!"

Birke schaut zu Piet herüber, der sich auf der anderen Tischseite gerade mit einer Serviette den Mund abputzt.

In etwa gleichaltrig sind die beiden Männer.

Doch aber, was für ein Unterschied!

Er ist so ein völlig anderer Typ als der rundliche, eher gemütlich wirkende Sepp: Schlank, ein gut trainierter, muskulöser Oberkörper – der unter dem eng geschnittenen hellen T-Shirt gut zu erkennen ist.

Birke lässt ihren Blick weiter nach unten schweifen, kann so ein Stück weit unter den Tisch schauen.

Seitlich von ihr, seine blauen Seglerschuhe über Kreuz – doch ja, passend zur Jeans. Auch wenn er nie Segler war: Im Sommer müssen es immer diese Art von Markenschuhen sein … *Sebago* oder auch mal ein *Dubarry*.

„Was meinst denn Du dazu?“, unterbricht er ihre Gedanken. Sie schaut wieder hoch.

Hellgrüne Augen, die Birke unter seinen seitlich gekämmten, gewellt-blonden Haaren anschauen.

Sie hüstelt kurz.

„Jo, Geld und Gier eben! Das könnte natürlich ein Motiv sein!“ Und sie ergänzt: „Und nach Lage der Dinge ist es jetzt Emma, die wohl erben wird. Wenn auch nicht allein und unmittelbar …“

„Ja, genau. Wir werden ja sehen!“

Der weiße Strandkorb knarzt, als Sepp ein Stück nach vorne rutscht, an ihr vorbeischaut, um nach der Kellnerin zu rufen.

„Ok, dann werde ich schreiben, dass die beiden anhand der Zähne identifiziert worden sind. Vielleicht auch, dass nach dem Dackel noch immer gesucht wird, er noch nicht gefunden wurde? Fotos vom Tatort habe ich, welche von den Hansen sicher noch irgendwo im Archiv. Und - was ist mit eurer Selbstmord-Theorie?“

„Darum mache ich mir noch Gedanken, spreche es gleich mit Peter Schneider und unserem Pressesprecher ab. Sagen wir mal: in zwei Stunden? - Ich melde mich dann bei Dir!“

Später am Abend - irgendwo im Cuxland

Brandkatastrophe in Döse! War es doch kein Unfall?

Mit Daumen und Zeigefinger seiner rechten Hand zieht er den Online-Artikel der Cuxhavener Allgemeinen ein kleines Stück zusammen. Zu erkennen ist jetzt auch der Untertitel:

Erste Anzeichen sprechen dafür: Hat der Ehemann das Feuer selbst gelegt?

Kurz überfährt ihn ein Anflug einer Gänsehaut.

Langsam scrollt er weiter nach unten.

Ein Bild der Hausruine, von der Seite - zu sehen ist auch die eingestürzte Wand.

„Doch, schon ziemlich runter, die Bude“, denkt er. Dann, zwei Porträtfotos von den beiden, die schon etwas älter zu sein scheinen.

Beide noch jünger, keine Farbe, in Schwarz-Weiß, die Augenpartien jeweils durch einen dunklen Balken verdeckt. Erik H. (+43) und Lydia H. (+42) steht darunter.

Er lehnt sich zurück.

Das leuchtende Tablet vor ihm liegt auf einer vergilbten Wachsdecke, die wiederum auf einem älteren Küchentisch.

Decke und Tisch, beide hätten vor 20 Jahren schon auf den Müll gehört … so wie die Küche insgesamt!

Diese Farben: 1970er Jahre wahrscheinlich. War sicher mal billig, einfache Standardware aus Sperrholz eben.

Ja, in diesem Haus … auf diesem Resthof … war Geld-sicher immer knapp.

Sein Blick geht hoch, und er schaut durch eines der beiden alten Holzflügelfenster.

Die Sonne ist vor gut einer Stunde untergegangen, es ist recht dunkel. Keine Lichtquelle ist zu sehen, so gut wie kein Geräusch ist zu hören.

Woher denn auch? Am Arsch der Welt hier …

Keine Hügel, alles drumherum ist flach: Kühe und Wiesen, getrennt durch unzählige Entwässerungsgräben - das wars.

Der nächste Nachbar? Der wohnt ein ganzes Stück weiter, mindestens einen Kilometer entfernt.

Doch - genau das war und ist ihm wichtig!

Ein ruhiger, einsamer Rückzugsort, ausreichend weit vom übrigen Geschehen entfernt!

Diese alte Küche, dieses alte Haus, sie gehören einem Freund.

„Ein Freund? Fiete?“ Er rümpft kurz die Nase bei dem Gedanken und blickt wieder auf das Tablet.

Der erste Bericht über das Feuer, der war noch gut, geradezu beeindruckend - der hat schließlich auch noch eine ganze Seite eingenommen.

Dieses hier jedoch, die Online-Vorveröffentlichung der morgigen Zeitungsausgabe?

Ein Drittel davon, wenn überhaupt.

Ärgert es ihn?

Da ist am Anfang gleich die Bestätigung, dass es sich bei den aufgefundenen Toten um die beiden Hausbewohner handelt. Festgestellt habe man das anhand von Zahnvergleichen.

Brandbeschleuniger sei bei einer der Leichen nachgewiesen, zudem seien Reste eines Plastikkanisters in einem *schwer zugänglichen Bereich* gefunden worden.

Dann – freigegeben habe man die Toten, so dass die Angehörigen sie nun bestatten können.

„Ob *die Alte* aus Holstein dann wohl auch dabei sein wird", fällt ihm ein.

Da - fast am Ende des Artikels, da steht noch etwas anderes … ein Kommentar.

Einer der verantwortlichen Ermittler, ein Kriminalhauptkommissar Stöver geht demnach ebenfalls von Suizid aus.

„Doch … will der trotzdem auch in andere Richtungen ermitteln?"

Kurz muss er schlucken.

„Sieh an, das könnte ja doch noch spannend werden", überlegt er und lässt dabei seinen linken Arm herunter, um direkt ein paar Mal mit den Fingern zu schnippen.

Obwohl *er* vorhin noch neben der Küchentür lag, ist nichts von ihm zu hören. Er … reagiert einfach nicht!

Diese kleine Ratte …

„Aber das bringe ich dir auch noch bei!"

Eine Woche zuvor - Lydia

In letzter Zeit saß sie immer öfter auf ihrem Lieblingsplatz, auf der Chaiselongue.

Oftmals auch schon tagsüber.

Einfach nur sitzen, immer wieder mal Ole auf den Schoß genommen, um ihn zu streicheln, ihm nah zu sein.

So, wie auch jetzt wieder.

Was sollte sie auch anderes tun?

Ihre Augen, sie machten einfach nicht mehr mit!

Starke Nachtblindheit, die kannte sie schon lange. Doch in den letzten Jahren konnte sie auch tagsüber immer weniger sehen.

Lydia wandte sich erneut ihrem Dackel zu. Den Blick aus seinen braunen, treuen Augen, den konnte sie gerade noch erkennen. Der Rest dagegen, alles um ihn herum … alles schwarz!

Ein bereits weit fortgeschrittener Tunnelblick sei es, wie der Arzt ihr beim letzten Mal noch mit mitleidiger Mine bestätigte.

Doch aber - diese dumpfe, diese gefühlte Ruhe in ihr!

Hatte sie sich mit ihrem Schicksal schon abgefunden?

Oder war dieses Gefühl doch auf die Tabletten zurückzuführen? Auf diese Antidepressiva, die sie schon so lange nahm, und deren Dosis sie erst vor ein paar Tage eigenmächtig erhöht hatte.

Ein Griff nach rechts, zu ihrem Weinglas.

Auch der Alkohol trug dazu natürlich zu ihrem Zustand bei.

„Es relativiert, es macht irgendwie dieses scheißegal-Gefühl!“, dachte sie.

Plötzlich … da kam Bewegung in Ole.

Er richtete sich auf, streckte die kurzen Beinchen und spitzte die Ohren. Ein kurzes Bellen, ein Zittern, gefolgt von einem leisen Knurren.

„Bleib ruhig, mein Kleiner. Das wird sicher nur Herrchen sein!“

Und tatsächlich, in diesem Moment war auch schon seine Stimme zu hören.

„Ich bin es nur. Was will der Dackel denn schon wieder?“

„Na, er ist es eben nicht mehr gewohnt, dass Du nur noch hin und wieder nach Hause kommst!“

Suchend schaute sie sich um. Wo steht Erik gerade? Seine Stimme eben – kam die aus Richtung ihres Klavierflügels?

Wie sie das nervte!

Immer blinder, immer hilfloser war sie geworden.

Doch was machte ihr Ehemann?

Die vielen, vielen Jahre immer fest und treu an ihrer Seite stehend, war er seit Kurzem kaum noch für sie da! Seit Wochen schon: keine Nähe mehr, kein in den Arm nehmen, keinerlei Zärtlichkeiten.

Da - da steht er!

Schaut völlig unbekümmert und verschwendet kaum noch ein Lächeln an sie!

„War es denn wenigstens schön?“, fragte sie aus einer plötzlichen, wütenden Gefühlswallung.

Um direkt wieder runterzufahren.

Dieser gefühlte Gleichmut, diese Gleichgültigkeit. Auch, dass dieses Arschloch fremdging, war ihr in diesem Augenblick so gut wie egal.

Denn das stand für Lydia fest: Erik hatte eine andere!

Kapitel IV - Mittwoch, 20. August

Morgens – Bad Bederkesa – Emma Pfitz

Aufgeregt ist sie, dann ungeduldig, fahrig und plötzlich wieder ängstlich und nervös. Was für eine merkwürdige Mischung verschiedener Gefühlslagen …

Natürlich kommt das alles nicht von ungefähr. Denn schließlich lebt Lydia nicht mehr, was sie auch traurig macht.

In erster Linie jedoch überwiegt in ihr dieses Gefühl, die Freude, endlich das ganz große Los gezogen zu haben: Ab jetzt wird alles anders!

Und die andere Sache, der Grund, warum sie immer wieder so nervös wird, es mit der Angst bekommt … naja, die wird sich mit der Zeit schon regeln, irgendwie gutgehen. Sie muss nur Geduld haben …

„Auf alle Fälle jetzt gleich bloß kein Sterbenswörtchen darüber", denkt Emma und schnappt sich ihr Handy.

Das Zeichen für *Telefon* auf dem Display, dann auf *letzte Anrufe* getippt. Und sofort hat sie auch schon ihre Mutter gefunden. Fünfmal klingelt es.

„Ja, Petra Pfitz?"

„Hallo Mama! Du bist ja doch da! Ich wollte gerade schon wieder auflegen!"

„Guten Morgen, mein Kind" antwortet Petra. „Also bitte, wo sollte ich jetzt denn wohl sein? Du weißt doch, dass ich morgens um diese Uhrzeit meistens im Bad bin. Und … eine alte Frau ist schließlich kein D-Zug!"

Emma verdreht die Augen: allein schon dieser Spruch!

„Ja genau! Gerade mal 68 bist Du, gesund und fit! Aber wie kann man nur so ruhig sein? Wir müssen jetzt schließlich dranbleiben!"

„Wo … dranbleiben?“

„Mama! Morgen werden sie beerdigt! Und danach sollten wir uns schnellstmöglich um unsere Erbschaft kümmern!“

„Also bitte, Emma! Seit dieser Tragödie sind gerade mal zwei Tage vergangen! Auch wenn wir uns seit Jahren nicht mehr nahestanden, kaum noch Kontakt hatten: Lydia war schließlich die Tochter von Onkel Hans! Ich bin wirklich traurig und entsetzt. Lass uns doch erstmal anfangen, in Ruhe zu trauern!“

Ok, schon verstanden! Bloß gleich wieder das Thema gewechselt!

„Wird diese Helene denn morgen auch mit dabei sein?“

„Ja, so sieht es wohl aus. Ich habe gestern noch mit dem Altenheim in Neustadt telefoniert. Sie soll ja wohl nicht mehr richtig gesund sein. Aktuell ist sie aber wohl reisefähig und kann kommen. Es wäre ja wohl auch schlimm, wenn sie nicht könnte! Schließlich ist sie seine Mutter!“

„Die Mutter eines Mörders!“, schießt es aus Emma heraus.

„Kind! Was erzählst Du denn da? Das steht überhaupt noch nicht fest!“, und ihre Stimme wird kurz mahnend: „Halt dich morgen bloß mit solchen Äußerungen zurück!“

Genervt trommeln Emmas Finger auf der Oberfläche ihres kleinen Schreibtisches.

Wenn doch bloß schon alles vorbei wäre!

Das Laptop vor ihr ist verschlossen, der ovale Werbeaufkleber *Emma Pfitz – immer in guten Händen!* schon älter und deshalb recht abgegriffen.

Verschiedene Unterlagen liegen herum. Zwei Kataloge in Hochglanz. Und das Bestellformular eines Großhändlers: Bereits vergangene Woche wollte sie Make-ups und Cremes nachbestellen, um ihren kleinen Vorrat wieder aufzufüllen.

Daneben schließlich drückt ein pinkfarbener Locher einen Stapel mit Papieren herunter.

Mehrere Rechnungen sind es, einige davon Zahlungserinnerungen oder gar Mahnungen.

„Ich habe so absolut keinen Bock mehr auf diesen Mist“, denkt sie.

Seit über 15 Jahren ist sie nun schon als Kosmetikerin unterwegs. Allein wegen der Kohle hin und wieder sogar auch als Fußpflegerin. Oh, wie sie es hasst, alten Kühen die Hornhaut unter den Hufen wegzuschaben!

Einmal tief durchgeatmet, und ein kurzes Lächeln huscht über ihre Lippen - bei dem Gedanken, dass das alles bald schon ein Ende haben wird!

„Nun mach dir mal keine Sorgen!“, antwortet sie schließlich ihrer Mutter. „Ich bin ja nicht blöd! Denn selbst wenn er es getan hat: Helene kann ja wirklich nichts dafür.“

Plötzlich – unterbricht ein Klingeln an ihrer Haustür das Gespräch.

Wer könnte das sein?

Oben - oder unten?

„Mama, da verlangt jemand nach mir. Lass uns später weitertelefonieren, okay?“

Gleiche Zeit – Wohnhaus von Emma - Piet

Piet klingelt ein weiteres Mal.

Hoffentlich ist sie auch da!

Denn schließlich haben sie eine gute halbe Stunde Autofahrt hinter sich.

Bad Bederkesa, das kleine Städtchen im Cuxland, liegt rund 40 Kilometer von Cuxhaven entfernt.

Es war ihm schon immer wichtig, Verdächtige möglichst direkt und überraschend zu konfrontieren. So, dass sie sich erst gar nicht vorbereiten können. Und das ist Emma Pfitz nach dem Streitgespräch mit ihrer Großcousine am Vortag des Brandes durchaus: verdächtig!

Die Worte von Knut klingen noch nach. Nicht unbedingt laut, aber ausgesprochen scharf soll der Disput zwischen den beiden gewesen sein.

„Ein Glück auch, dass das Ehepaar Ahmed sie vom Sehen kannte und dass sich Lydia sogar einmal mit ihnen über Emma Pfitz unterhalten hat", sagte Knut.

Demnach habe ihre Großcousine immer nur eines von ihr gewollt: Geld! Immer wieder etwas gezahlt, ihr ausgeholfen, habe sie Emma schließlich nichts mehr geben wollen.

Sogar das ungefähre Datum dieser Unterhaltung zwischen Lydia und den Eheleuten Ahmed ist bekannt: Anfang April, kurz nach Ostern also.

Von den genauen Inhalten des Streitgesprächs am Abend vor dem Feuer hat das Ehepaar allerdings nicht alles mitbekommen. Aber immerhin doch so viel: Es ging erneut ums Geld, wohl auch um irgendeinen neuerlichen

Darlehensvertrag und darum, dass Emma auch den nicht bediene ...

Der Türöffner des 4-stöckigen Hauses brummt.

„Na, also“, nickt er Birke zu und drückt die Hauseingangstür auf.

Es riecht nach schwerem, süßlichem Parfum.

Frisch aufgetragen, oder hängt der Geruch schon länger in ihrem Wohnzimmer?

Sie hat ein rundes, aber durchaus hübsches Gesicht.

„Irgendwie ein slawischer Typ“, überlegt er.

Platinblond und stark geschminkt ist Emma, die Haare glatt bis zu den Schultern. Etwas über 170 cm groß und eine mittelschlanke Figur - ein kürzerer, dunkelgrauer Rock, darüber eine farblich abgestimmte Bluse, die, oben gleich mehrere Knöpfe offen, ihren recht üppigen Vorbau zeigt.

Irgendwie schon vorstellbar, dass Sepp mit ihr …

„Wann haben Sie die beiden denn zuletzt gesehen?“ fragt gerade Birke, die neben ihm auf einem mehrfarbigen Wohnzimmersofa sitzt.

Piets Blick geht an Emma vorbei in Richtung der Fensterfront. Da ist ein größerer Balkon, dahinter sind Teile des Bederkesaer Sees zu sehen. Schätzungsweise 10 Jahre alt wird das Haus sein - die Wohnungen hier sind sicher nicht billig.

„Lydia und Erik? Also, puh … das ist bestimmt schon einige Wochen her!“

„So genau können Sie das also nicht mehr sagen?“

„Äh, nein. Aber ich könnte ja mal in meinen Kalender schauen. Vielleicht steht da was drin.“

„Tun Sie das mal. - Und vielleicht finden Sie ja auch einen Eintrag am 17. August! - Sonntagabend, der Tag vor dem Brand!“

Piet mustert sie.

Musste Emma Pfitz nicht damit rechnen, dass sie und Lydia gesehen wurden, dass irgendjemand etwas von dem Streit mitbekommen hat? Das Haus der Hansens in der Schultheißenstraße liegt schließlich sehr ruhig, in einer Sackgasse, quasi völlig ohne Autoverkehr.

„Also gut, ja“, räumt sie verlegen grinsend und mit noch stärker geröteten Wangen ein. „Jetzt fällt es mir wieder ein! Ich habe Lydia getroffen. Aber nicht lange. Ein paar Minuten, höchstens!“

„Wo?“

„Ähm … vor ihrem Haus.“

„Davor? Hat sie Sie denn nicht reingebeten?“ Und Birke setzt abermals direkt nach: „Und warum haben Sie sich mit ihrer Großcousine gestritten, worum ging es?“

Gut so, nicht lange gefackelt!

Gleich auch den Disput ansprechen.

Jetzt ruhig alles Schlag auf Schlag!

Piet mimt auch weiterhin den Beobachter und überlässt Birke den größten Teil der Befragung.

Einmal ertappt, räumt Emma auch so einiges ein.

Um die 75.000 Euro habe sie im Laufe der Jahre von Lydia erhalten. Und ja, gestritten habe sie sich dann auch. Aber nur ganz kurz. Sie sei sauer gewesen, weil sie extra dort hingefahren war. Schließlich habe Lydia ihr zuvor am Telefon erneut eine Zahlung fest zugesagt, dann aber vor der Haustür plötzlich einen Rückzieher gemacht.

„Wissen Sie, die Geschäfte laufen im Augenblick nicht so gut ...“

„Na ja, *dieser Augenblick* hält ja wohl schon etwas länger an. Eine derartige Summe? Wie lange geht das denn schon so?“

Es ist weiter Unsicherheit ist zu spüren, Verlegenheit. Emma räuspert sich und schaut dann zu Piet herüber, schlägt dabei die Beine übereinander und lächelt ihn hilfesuchend an.

„Von mir kannst du nichts erwarten“, denkt er - und hält ihren Blick mit bewusst ernster Miene stand.

Gleiche Sekunde - Emma

Verdammt!

„Ich rede mich hier noch um Kopf und Kragen!“, denkt Emma und spürt, wie ihre Wangen abermals heiß werden.

Hat doch einer etwas von dem Streit mitbekommen!

Lydia, diese blöde Kuh …

Jetzt aber aufgepasst! - Konzentriere dich!

Noch können die mir schließlich rein gar nichts. Denn, was wissen die beiden schon …

Ich habe mir von einer Verwandten Geld geliehen.
Na und?

Allein, wie sie jetzt gucken. Diese bohrenden Blicke – das grenzt schon an Psychoterror! Dürfen die das überhaupt?

„Wo sind Sie denn danach … in der Nacht von Sonntag auf Montag gewesen?“

Wieder diese Frau! Wieso stellt nur sie die Fragen?

Und warum sitzt der männliche Polyp nur daneben und glotzt?

„Ähm, Sonntagnacht?“

„Ja, Frau Pfitz, genau“, die Stimme der Polizistin klingt unleidlicher. „Besonders zwischen 2.00 und 3.00 Uhr – also Montag in der Frühe.“

Das - ist jetzt gut! Auf diese spezielle Frage hat sie sich schließlich vorbereiten können.

Ein Alibi, das passt: der Clubbesuch.

„Also ja. In der Nacht bin ich noch länger in einem Club gewesen!“

„Aha, und welcher Club? Wo?“

„Club Hanseat. In Bremerhaven. Sie kennen ihn vielleicht schon? Die gibt es ja erst seit ein paar Monaten!“

Die beiden Polizisten schauen sich kurz an, schütteln die Köpfe. Die Frau macht sich eine Notiz.

„In Bremerhaven also. Und von wann bis wann genau sind Sie dort gewesen?“

Ihr Blick geht nach oben. Jetzt einfach mal so tun, als wenn man erst darüber nachdenken müsse ...

„Also, ja … von kurz vor Mitternacht an, äh … bis vielleicht um 3.00 Uhr“, antwortet sie schließlich.

„Gut. Und waren Sie allein? Gibt es Zeugen, die Sie gesehen haben?“

„Ja, na ja. Eben die Leute um mich herum. Ich kannte einige, aber nur vom Sehen. Es war für einen Sonntag doch recht voll – auch weil dort irgendjemand seinen Geburtstag gefeiert hat. Äh, ganz sicher aber hat mich natürlich der Barkeeper gesehen - bei dem ich dann schließlich auch bezahlt habe!“

Mittwochmittag - irgendwo im Cuxland - Fiete

Ein Schlagloch folgt dem nächsten. Er hat kaum eine Chance, sie alle zu umfahren. Hin und her wankt sein untersetzter Körper, so sehr schaukelt der Wagen, ist voller Geräusche: überall ruckelt, knarzt und ächzt es.

Er dreht das Radio lauter.

NDR 90,3 – ein Oldie-Sender.

Das Gesangsduo Klaus & Klaus trällert gerade „Verteilerfinger ... Auto ist kaputt.“

Fiete pfeift mit, merkt aber nicht, dass das jetzt irgendwie passt.

Diese Karre!

Dabei war sein alter VW-Bus doch erst vor ein paar Tagen in der Werkstatt.

So, wie *er* es ihm aufgetragen hatte:

„Lass bloß alles reparieren! Alles! Ich will nicht, dass wir liegenbleiben!“

Weit mehr als die Hälfte des Privatweges, der gut 120 Meter von der Kreisstraße weg zu seinem Haus führt, ist geschafft.

„Früher, als Mama noch lebte, da war alles viel besser“, erinnert er sich.

Keine große Rente, die sie hatte, aber zusammen mit seiner Stütze oder auch den unregelmäßigen Aushilfslöhnen waren sie stets gut zurechtgekommen.

Immer stand ein warmes Essen auf dem Tisch, seine Wäsche war frisch gewaschen und rausgelegt. Mama sorgte sich, war stets für ihn da.

Und so war auch der Weg damals viel besser in Schuss: Die gröbsten Schlaglöcher immer irgendwie geflickt, mit Steinen oder auch Schutt, den sie von irgendwo ergattern konnte.

Da - kaum zu erkennen, hat sich gerade die Gardine hinter dem vorderen Fenster des kleinen Wohnzimmers bewegt?

Natürlich … *er* wird dahinterstehen!

Um zu schauen, wer sich dem Haus nähert.

Seine Devise seit Kurzem: Bloß nicht gesehen werden!

Fiete versteht das und greift direkt mit einer Hand suchend auf den Beifahrersitz.

Sie liegen noch da, sind trotz der elenden Schaukelei nicht heruntergefallen - die drei Verpackungen mit der Scheibentönungsfolie für seinen über 20 Jahre alten *VW-Bus T4*.

Ein Schutz gegen die Sonne und gegen neugierige Blicke seien sie, passgenau und recht leicht anzubringen, wie ihm der Verkäufer eine halbe Stunde zuvor in dem Zubehörladen in Bremerhaven versicherte.

„Hauptsache, *er* ist zufrieden und macht nicht gleich sofort wieder Stress!“, denkt Fiete.

Kommissariat - gleiche Zeit - Knut

Exakt drei Scheiben Brot sind es, so wie jeden Tag.

Der Belag dieses Mal: Blauschimmelkäse, Leberwurst und irgendeine feine Salami. Und in dem Fach daneben liegt eine größere, mundgerecht zerteilte Tomate – mit wenig Salz und viel Pfeffer. - Seine Frau weiß eben, was ihm schmeckt …

20 Minuten, vielleicht auch eine halbe Stunde Zeit will er sich für seine Mittagspause nehmen, und dabei wie üblich einen Blick in die Cuxhavener Allgemeine werfen.

Von hinten – und immer mit den Todesanzeigen fängt Knut an.

Irgendwo ist es ja eine blöde Angewohnheit, abgeschaut und übernommen von seiner Großmutter, die es früher genauso hielt.

Andererseits, hin und wieder kann es ja auch beruflich von Nutzen sein. Vielleicht auch heute?

Gleich eine halbe Seite groß ist die Traueranzeige der Verwandten:

Unfassbar!

Lydia und Erik Hansen.

Darunter die Namen der Angehörigen:

Helene Hansen

Ruth, Petra und Emma Pfitz

Alle unverdächtig – eben bis auf Emma!

Die soll zwar vorgegeben haben, ein Alibi zu haben, wie Piet ihm vor einer halben Stunde am Telefon berichtet hat. Doch erst mal prüfen, und dann weitersehen!

Und selbst wenn es sich bestätigen sollte – heißt das noch lange nicht, dass sie nichts mit dem Brand, in welcher Form auch immer, zu tun hat ...

Ein Biss in die Stulle mit dem Blauschimmelkäse, dann schaut er auf die anderen Anzeigen.

Zwei kleinere sind da noch, die sich auf die Brandopfer beziehen.

Der Tennisverein: *Unsere langjährigen Mitglieder ...*

Und das Goethe-Gymnasium: *Unsere ehemalige Studienreferendarin ...*

Richtig, ihre Ausbildung hatte Lydia damals nach dem Unfalltod ihrer Eltern ja noch fertig gemacht, einen Dienst als Lehrerin dann aber wohl nie angetreten.

Knut blättert weiter nach vorn.

Unter der Rubrik *Lokales* steht: *Brandkatastrophe in Döse! War es doch kein Unfall?*

Dort alles nur überflogen, alles ist so weit richtig. Jetzt wandert sein Blick rüber auf die andere Zeitungsseite.

Rubrik *Umland.*

Da steht etwas, was sich ebenfalls noch nicht aufgeklärt zu haben scheint.

Und etwas - was ihm neu ist.

Ein sehr schwer verletzter Motorradfahrer sei nach einem Unfall mit anschließender Fahrerflucht außer Lebensgefahr.

Ist das vielleicht eine Art Zeugenaufruf?

Doch ja, da steht etwas von Zeugen, die gesucht werden … oder eben der Unfallverursacher selbst.

Unfallort war die A27 in Richtung Cuxhaven, Höhe der Auffahrt *Überseehäfen.*

Knut weiß genau, wo das ist:

„… das kurze Teilstück der Autobahn also, für das die Kollegen in Bremerhaven zuständig sind“, denkt er.

Rückblick, 3 Tage zuvor. Der Unfall (Teil 1)

Einfach *Biene* laufen lassen.

Ein kontrollierender Blick auf den Tacho:

150 bei vorgegebenen 120 km/h. - Nur etwas drüber also, das hält sich im Rahmen.

Und überhaupt, ein Blitzer, jetzt, um diese Uhrzeit? Das ist wohl eher unwahrscheinlich ...

Geschwindigkeitsbegrenzungen auf Autobahnen ohne einen ersichtlichen Grund: Er hasste es! Überflüssig wie ein Kropf kosten sie nur Zeit.

Dabei war er eh schon spät dran!

Um 2.00 Uhr musste er in der Backstube sein.

Und - wie spät war es jetzt?

Erneut schaute er nach unten.

Doch schon einige Minuten danach?!

„So ein Mist!“, fluchte er unter seinem Integralhelm. Bloß nicht noch später kommen … und spontan gab er Gas.

Der Motor von Biene, einer Suzuki GSX S 1000, heulte auf; über 150 PS, die brachial anzogen.

Im Nu war sie auf 180 km/h!

Gleich dann schon die Abfahrt *Überseehäfen.*

Besser, das Motorrad schon jetzt auf die linke Spur zu ziehen.

300, 200, 100 Meter: Die Entfernungsbaken flogen nur so an ihm vorbei. Nur noch gute 12 Kilometer, dann musste auch er runter.

Kurz die Überlegung, wie er es seinem Chef erklären könnte.

Biene sprang wieder mal nicht sofort an? Nein, diese Ausrede hatte schon einen Bart.

Eine leichte Kurve, rechts von ihm schon die Einfädelung der Auffahrt.

Doch dann … er zuckte wie unter einem Stromschlag innerlich zusammen!

Bruchteile einer Sekunde nur, in denen er erkannte und begriff, dass da rote Lichter waren, die von rechts … in Richtung der Überholspur zogen …

Sind das Rückleuchten?

„Wo will der Vogel denn hin“, konnte er noch denken - und im gleichen Augenblick dann auch schon … irgendwie, irgendwo … eine Berührung! So eben, ein bisschen nur, und das Auto zog abrupt zurück auf die rechte Spur.

Doch für Biene war das natürlich zu viel!

Das Hinterrad unter ihm ging weg!

Er schrie laut auf!

Automatisch - nur noch sein Reflex: Abstoßen! Bloß weg von der Maschine! Den Körper dann über den Asphalt schliddern lassen!

Und dabei hoffen, dass er nicht unter Biene gerät, dass ihm dabei die Straße nicht ausgeht … und dass da nicht irgendwo ein Hindernis ist, auf das er treffen könnte!

Da - Berührung mit dem Asphalt …

Verflucht, die leichte Kurve, da sind Leitplanken auf der linken Seite!

Gedanken … an seine Eltern und an seine kleine Schwester.

Und dann - ein kurzer, heftiger, dumpfer Schlag! Er spürte ihn nicht.

Denn im gleichen Moment wurde es dunkel um ihn!

Kapitel V – Donnerstag, 21. August – Trauerfeier

Friedhof Brockeswalde – zwanzig vor 11 Uhr

Der Friedhof Brockeswalde ist der größte in dem Nordseeheilbad.

Vor fast 100 Jahren in Cuxhaven-Ritzebüttel eröffnet, folgte er damals dem Konzept des bekannten Parkfriedhofes im gleichnamigen Hamburger Stadtteil Ohlsdorf, der wiederum der größte der Welt sein soll.

Es ist eine lange, geklinkerte Zufahrt, die zu einem ebenfalls geklinkerten, größeren Trauerhaus führt.

Alles gediegen in dunkelroter Farbe.

Autos, die rechts und links parken – es sind viele Menschen zu sehen.

„Wo soll ich denn hier bloß parken?", fragt Birke.

„Ähm, fahr mal ganz durch. Am Ende dahinten, das sieht nach einem größeren Wendehammer aus. Aber ohne Martinshorn. Auch wenn wir dann schon da wären."

Sie lächelt kurz müde. Denn den Auftrag, den hat Piet zuvor ja selbst formuliert.

Diskret wollen sie sein. Anteilnahme zeigen, ja, zumal ihm das auch ein persönliches Anliegen ist. Pietät: Nur wenige Fragen stellen, in erster Linie alles zurückhaltend und mit Abstand beobachten - die Trauerenden, insbesondere natürlich Emma Pfitz.

Aber auch alle anderen Gäste.

Vielleicht fällt irgendetwas oder irgendjemand ja auf.

Und selbst wenn man sich nur ein paar weitere Eindrücke verschafft ...

… 3 Minuten später – Das Fernglas

Genial, dieses *Zeiss Victory*!

Fast sieben Mille hat es mal gekostet!

Wie weit ist er jetzt von der Trauerhalle entfernt?

150, vielleicht sogar 200 Meter?

Trotzdem kann er durch sein Fernglas alles völlig klar und äußerst präzise sehen – und entsprechend erkennen.

Keine Frage, der da, das wird der Bulle sein. Dieser Stöver, der laut Zeitungsartikel in alle Richtungen ermitteln will. Er steigt gerade aus einer typischen Bullenkarre, einem mausgrauen VW Touran. Und geht jetzt zu der Frau herüber, die mit ihm gekommen ist - seine Assistentin.

Er weiß Bescheid, hat sich im Vorfeld natürlich schlau gemacht, verschiedene Berichte über die beiden im Netz gefunden.

Der alte VW-Bus bewegt sich kurz leicht.

„Ruhe! Bleib bloß, wo Du bist!“, zischt er, ohne sich umzuschauen.

Fiete, der sich auf einem Einzelsitz hinter ihm gerade aufrichten will, hält inne: „Ist was zu sehen?“, hört er ihn leise flüstern.

„Verdammt, Du sollst das Maul halten!“ Erneut zischend, jetzt aber mit einem deutlich drohenden Unterton!

Sofort herrscht wieder Ruhe.

Kurz schaut er nach rechts, dann nach links.

Neben dem Bus ist im Augenblick niemand zu sehen.

Doch selbst wenn …

Die spiegelnde Folie lässt keinen Blick in den Innenraum zu – das hat er vorher genau überprüft. Und auch vorne ist alles dicht. Alte Vorhänge, die dort eigentlich nicht hingehören, verhindert an Fahrer- und Beifahrertür die Sicht.

Aber bewegen, bewegen darf sich die Karre natürlich nicht!

Wieder das Zeiss vor Augen, sucht er etwas weiter rechts. Es ist ein ziemlicher Menschenauflauf, der vor der Kapelle steht. An der Seite davor steht eine kleinere Gruppe.

Da, ein bekanntes Gesicht: Tatsächlich, die Alte aus Neustadt ist auch hier! Und daneben … ihre Pflegerin.

Sie stehen mit anderen zusammen.

„Emma, das scharfe Teil!“, grinst er.

Klar, dass die hier ist - jetzt, da es für sie etwas zu holen gibt …

Dann können die beiden anderen Frauen neben ihr nur der Rest von Lydias buckeliger Verwandtschaft sein:

Petra und Ruth Pfitz.

Zwei Hinterköpfe, zwei Rücken, die ihm im nächsten Augenblick durch sein Sichtfeld laufen.

Natürlich, was sonst:

Die beiden Bullen, die direkt auf die kleine Gruppe zuhalten.

. ... 2 Minuten später - Birke

„Mein allerherzlichstes Beileid!“

Birke streckt ihr die Hand zu.

Der Kummer ist Helene Hansen deutlich anzusehen.

Auffallend fahl ist ihre Gesichtshaut. Wie sagt man in Deutschland noch gleich? Leichenblass ...

Gerötete Augen, die sie jetzt anschauen; eine kühle Hand, hinter der kaum ein Druck zu verspüren ist, liegt in ihrer. Leer ist der Blick der alten Frau, stumm ist sie, sagt kein einziges Wort.

Die Pflegerin, die neben ihr steht und sie untergehakt hat, um zu stützen, nickt Birke freundlich zu.

Maria heißt die – dazu ein spanisch klingender Nachname. Nachher will Birke nochmals nachfragen und alles dann ordentlich notieren.

Ein kurzer Blick nochmals in die Gesichter der anderen, denen sie zuvor schon kondoliert hat: Immerhin, sämtliche Angehörige stehen hier zusammen und wollen nach all den Erbstreitigkeiten von damals wohl so etwas wie eine familiäre Geschlossenheit demonstrieren.

„So, es wird Zeit! Sollten wir langsam nicht mal reingehen“, unterbricht Emma das kurze Schweigen und schaut dabei demonstrativ auf ihre Armbanduhr.

„Aber ja, wir wollen Sie auch nicht aufhalten!“, entgegnet Piet mit entschuldigendem Unterton. „Frau Hansen, nach der Trauerfeier dürfen wir aber noch auf Sie zukommen? Da sind noch ein paar Fragen, die geklärt werden müssten.“

Das Gesicht von Helene wendet sich ihm zu ... und nimmt plötzlich völlig andere Züge an ...

Ein Leuchten, Glanz – auf einmal ist viel Leben in ihren Augen!

„Aber natürlich, gerne! Du kannst dann ja auch mal zu mir nach Hause kommen“, antwortet sie - dabei Piet anlächelnd.

Oha!

Das muss die zuvor beschriebene Demenz sein, einzuordnen als mittelstarke *Alzheimer-Krankheit*.

Die Seniorenresidenz hatte darauf hingewiesen: Helene hat kognitive Probleme. Immer öfter verwirrt, braucht sie immer öfter Hilfestellungen.

Und der aktuelle Todesfall ... soll ihrer Krankheit einen weiteren, einen noch nicht absehbaren Schub geben.

Piet schaut nur kurz irritiert, räuspert sich, lächelt ihr zu und nickt:

„Ähm, ja fein, Frau Hansen. Wollen wir beide darüber nachher noch reden?“

... etwas später, in der Kapelle - Piet

Das *Ave-Maria* von Franz Schubert ist zu hören: Eine beeindruckend gespielte Violine, untermalt von der Kapellenorgel.

Traurig, einfach sehr bewegend, geht Piet direkt unter die Haut.

Er steht ganz hinten in der kühlen Kapelle, die brechend voll ist. Wie viele Menschen mögen es sein? 120 schätzt er, vielleicht auch 150?

Der von den Angehörigen geplante Plan wohl:

Erst die Trauerfeier, und im Anschluss dann sollen die beiden Körper eingeäschert werden. Kein Blumengrab auf dem Friedhof für Erik und Lydia schließlich, sondern irgendwann später eine Urnenbestattung auf See – in der Nordsee vor Cuxhaven, zwischen den Inseln Neuwerk und Scharhörn.

Seine Gedanken kreisen.

Was könnte sich bloß in der Brandnacht zugetragen haben? Einzig einen Unfall, den kann er ausschließen.

Von Selbstmord bis Mord in verschiedenen Konstellationen, alles wäre möglich.

Das Alibi von Emma Pfitz? Knut hat den Auftrag, sich heute darum zu kümmern.

Doch selbst wenn, was ist so ein Bar-Alibi wert?

Und dann: Wäre Emma überhaupt in der Lage, beide umzubringen, um danach dann alles durch den Brand zu kaschieren?

„Schwierig. Wenn dann wohl nur mit Helfern, und mit einiger Vorbereitungszeit", überlegt er weiter.

Steckt da nicht doch etwas anderes dahinter?

„Ein jegliches hat seine Zeit, und alles Vorhaben unter dem Himmel hat seine Stunde …", predigt der Pastor.

Irgendwie sagt ihm sein Gefühl noch immer, dass da etwas sein könnte … etwas, was mit Erik und mit seinem Umfeld zu tun hat.

Doch nein - eins nach dem anderen.

Erst den Spuren nachgehen, die man hat!

Und die genau prüfen.

Aber auch im Umfeld von Erik will er weiter recherchieren und genauer hinschauen. Vielleicht gab es ja doch Unregelmäßigkeiten, vielleicht hatte der doch eine ganz andere Seite?

„Da sprach ich in meinem Herzen: Gott wird richten den Gerechten und Gottlosen …"

Auf einmal – da wird der Priester durch eine dünne Stimme von der vordersten Bank unterbrochen.

Weinerlich, aber irgendwie auch trotzig und fordernd:

„Wo ist denn mein Junge? Wo ist Erik?"

… 15 Minuten später – Fiete

„Verdammt! Wo kommt der weibliche Bulle denn jetzt auf einmal her?"

Abrupt lässt er den Zündschlüssel wieder los.

Oder wäre es besser, jetzt doch noch zu starten und wie geplant loszufahren?

Nein!

Er bleibt einfach regungslos sitzen und wirft erneut einen kontrollierenden Blick in den Außenspiegel.

Kein Zweifel, es ist die Polizistin, die direkt auf seinen VW-Bus zuzuhalten scheint!

Hat <u>*er*</u> … hat ***Martin*** sie denn noch nicht gesehen?

Ein vorsichtiges, ein Hauch von einem Pfeifen nur geht durch Fietes Zähne.

„Ruhigbleiben!", kommt es sofort von hinten.

Dunkel gefärbte, fast kahlgeschorene Haare kann Fiete im Innenspiegel erkennen.

Der Bartansatz, die Sonnenbrille - schon erstaunlich, wie verändert Martin jetzt aussieht.

Ihn so erkennen? Beim Entgegenkommen, irgendwo … vielleicht zufälligerweise in der Stadt?

Auf alle Fälle nicht auf den ersten Blick.

Und das, obwohl er ihn schon recht lange kennt.

Damals, die erste Begegnung. Dieses Ding, dass sie gemeinsam mit anderen drehten, und bei dem er den Fahrer geben musste.

Wie lange ist das jetzt her? Fünf oder sechs Jahre. Schnell verdiente 3.000 Euro waren es und – die Sache ging problemlos gut!

Das war beileibe nicht immer so.

Wie oft saß Fiete jetzt schon ein? Diebstahl, schwerer Diebstahl, Körperverletzung, einmal wegen Raubes.

Insgesamt sechseinhalb Jahre Knast!

Martin dagegen, der ist da anders: gerissen, verschlagen, durchtrieben … der sich nie hat erwischen lassen.

Der Blick jetzt in den Außenspiegel rechts.

Dann nach links.

Verdammt, wo ist sie denn jetzt geblieben?

Hinten und an den Seiten, da ist ja alles verklebt, so dass von außen nichts zu sehen ist. Doch was, wenn die Polizistin weiter … schließlich an dem Bus vorbeigeht?

Die alten, karierten Stoffvorhänge an der Fahrer- und Beifahrerinnentür, die zuvor auch vorne die Sicht in den Innenraum verhinderten, die hat er für die Rückfahrt eben erst wieder abgenommen.

Jetzt – jetzt würde sie ihn hinter dem Lenkrad natürlich sofort sehen!

Womöglich an die Scheibe klopfen, ihn dann ansprechen, nach seinen Papieren fragen … und die dann überprüfen!? – Um in der Folge die richtigen Rückschlüsse zu ziehen?

Laut schlägt das Herz.

Er selbst hält sich zwar für recht hartgesotten, aber das hier ist gerade etwas zu viel!

Was … was soll der ganze Mist hier überhaupt?

Brandgefährlich – hierhergekommen zu sein!

Doch aber - so ist er, so ist Martin! Sagt nichts, ordnet einfach nur an.

Plötzlich - ein kurzes, mechanisches Klicken ist zu hören.

Fietes Augen weiten sich.

Der hat doch wohl nicht gerade dieses Teil entsichert?

Diese schwere, großkalibrige Pistole, mit der er in seinem Beisein schon so einige Male herumgefuchtelt hat?

Diese *Glock 20*, die angeblich eine derart starke Durchschlagskraft haben soll, dass dänische Soldaten auf Grönland sie extra zum Schutz bei sich tragen - um sich vor angreifenden, halbtonnenschweren Eisbären schützen zu können!?

Da – da ist die Polizistin ja wieder!

An der hinteren linken Seite des Busses steht sie auf einmal - exakt dort, wo hinten Martin sitzt!

Fiete kann nicht anders, lässt den Spiegel aus den Augen und reißt den Kopf herum.

Tatsächlich, sie ist jetzt ganz dicht vor ihm, eben nur durch die Scheibe getrennt!

Er hat die Sonnenbrille mittlerweile abgenommen und - völlig ruhig, leicht grinsend, schaut er ihr ins Gesicht … dabei den Lauf der Waffe gegen die Autoinnenscheibe haltend, direkt in Richtung - ihres Kopfes!

Große, blaue Augen draußen, nur wenige Zentimeter von der Glock entfernt, die nichts von der Gefahr hier drinnen ahnen …

Fiete schluckt trocken.

Was hat der vor??

Doch dann … wie aus dem Nichts - lässt die Polizistin auf einmal ab, dreht ihr Gesicht zur Seite und schaut zurück – dreht sich schließlich ganz um und geht wieder in Richtung der Kapelle.

Nachmittag - Hansen-Bau GmbH – Teil I

Das blaue Logo *HBG* auf dem Firmenschild hat ein geschwungenes, modernes Design.

Darunter steht in kleineren Lettern:
Hansen Bau Gesellschaft mbH.

Das Bürogebäude dahinter, einstöckig mit Flachdach, ist unspektakulär, wirkt aber sehr gepflegt.

Rechts neben dem Haus befindet sich eine asphaltierte Zufahrt, dahinter eine Freifläche.

Ein paar Baugeräte sind im Hintergrund zu sehen; an der Seite steht geparkt ein neuerer 7,5-Tonner-Kipper-Lastwagen, an der Fahrertür das gleiche blaue Firmenlogo.

Etwas ungewöhnlich ist es ja, dass die Firma von Erik Hansen direkt nach seiner eigenen Trauerfeier wieder geöffnet hat.

Nun denn, dafür ist es auch nur eine „Notbesetzung", die lediglich aus einem kaufmännischen Sachbearbeiter besteht – und mit dem Piet eine halbe Stunde zuvor noch telefoniert hat.

„Natürlich, Sie können gern vorbeikommen", hatte ein Herr Müller ihm gesagt.

Es ist ein mittelgroßer, schlanker Mann, Ende 40 vielleicht, dem Piet jetzt gegenübersteht.

„Wollen Sie sich irgendwo setzen, Herr Stöver? Und vielleicht etwas trinken? Wasser, oder auch einen Kaffee?"

„Nein danke, Herr Müller. Ich möchte lieber gern gleich zur Sache kommen. Sie, ähm, sind hier in der Firma also für den Innendienst, für die Verwaltung zuständig?“

„Genau. Es ist recht vielschichtig. Ich kümmere mich um alles, was an kaufmännischen Dingen so anfällt. Aber auch um Buchhaltung und um die Gehälter. So besehen bin … war ich der Assistent von Erik Hansen!“

„Ich verstehe“, nickt Piet dem Mann zu. „Und wann haben Sie Ihren Chef das letzte Mal gesehen?“

„Das müsste -“, Müller denkt kurz nach, „vielleicht Mitte letzter Woche gewesen sein.“

„Wie, was heißt vielleicht? Den genauen Tag können Sie also nicht benennen?“

„Doch ja. Ähm, letzte Woche Mittwoch … genau, der Mittwoch wars! Naja, in letzter Zeit ist er ja eher selten hier in der Firma gewesen.“

Piet schüttelt den Kopf: „Was meinen Sie denn jetzt mit selten? Und was heißt: in letzter Zeit?“

„Also, gute drei Wochen ist es her. Da kam Erik, also Herr Hansen … da kam er wie immer hier rein, aber wohl krank, wie er sagte. Irgendein gesundheitliches Problem soll es gewesen sein. Doch was genau er hatte, das hat er mir dann nicht gesagt!“

„Verstehe. Wie war denn Ihr Verhältnis, wie standen Sie denn im Allgemeinen zu ihm?“

„Das ist es ja gerade. Eigentlich sehr gut. Wie Erik eben so war. Also - mehr ein Freund als ein Chef. Umso mehr habe ich mich ja auch gewundert, dass er auch auf meine Nachfrage nach der Art seiner Krankheit partout nichteingehen wollte. – Er hat vielmehr einfach nur einen Kaffee bestellt, den er sich dann auch noch bringen ließ.“

Und nach einer kurzen Pause:

„Herr Kommissar, Sie müssen sich das mal vorstellen! Ich, mit seinem Kaffeebecher in der Hand, trage ihm den in sein Büro, währenddessen er … direkt hinter mir hergeht!“

Piets Blick wird nachdenklich.

Ein kranker, womöglich auch veränderter Erik?

Vielleicht doch die Psyche?

Erneut wendet er sich dem Angestellten zu: „Zeigen Sie mir bitte direkt mal sein Büro, Herr Müller?“

Eine Urkunde hängt seitlich von seinem Schreibtisch:

Erik Hansen

hat die Diplomprüfung

mit Auszeichnung bestanden,

ihm wird der akademische Grad

Diplom-Ingenieur

verliehen.

Darüber steht:

Christian-Albrecht-Universität zu Kiel.

„Richtig, dort soll er Lydia ja auch kennengelernt haben“, fällt ihm ein.

Das Büro macht einen sehr modernen Eindruck.

Weniger ist mehr: Ein auffallend schlanker Schreibtisch mit verchromten Beinen, die schräg auseinander gehen, ist zu sehen. Drei Stühle in braunem Leder davor, dahinter einer mit einer höheren Rückenlehne, auf dem Erik immer gesessen haben wird. Dann zwei hüfthohe Schränke in hellem Holz, passend zur Schreibtischplatte

- und auf der anderen Seite schließlich steht ein antiker Tresor, um die 1,70 Meter hoch.

„Sie haben also immer einen genauen Einblick in die Zahlen der Firma?"

„Grundsätzlich – ja. Wobei - das in letzter Zeit auch nicht mehr."

Er schaut ihn fragend an.

„Na ja, Herr Kommissar, auch das hatte sich zuletzt geändert. Auf einmal wollte Erik unbedingt der Erste sein, der die Unterlagen sieht: Bankauszüge, Verträge, alles. Ich sollte ihm mit Eingang immer alles direkt auf seinen Tisch hier legen - ausnahmslos immer ungeöffnet!"

„Verstehe. Dann hat sich die Post hier immer gestapelt, oder wie muss ich das verstehen? Jetzt liegt hier aber nichts mehr."

„Nein, nein! Immer morgens war dann meistens auch alles wieder weg. So besehen … wird Erik schon regelmäßig hier gewesen sein. Aber dann wohl wahrscheinlich abends, vielleicht irgendwann nach Feierabend …"

„Ja, vielleicht, möglicherweise …", entgegnet ihm Piet.

Und nach einer kurzen Pause: „Aber nochmal zu den Zahlen der Firma. Müssen Sie in ihrer Funktion als Buchhalter nicht zumindest Online einen Zugriff auf die Konten gehabt haben? Ich meine - allein schon, um Rechnungen zu überweisen, oder auch Geldeingänge zu überwachen?"

„Naja, natürlich. Also, da sind zwei feste Geschäftskonten der HBG, über die sämtliche Zahlungen laufen und mit denen ich auch arbeite. - Aber dann sind da zudem ja noch die anderen Konten. Zum Beispiel eines mit seiner persönlichen Rücklage und den nicht entnommenen

Gewinnen. Und dann noch die für die laufenden Darlehen …"

Was sollte diese Geheimniskrämerei?

Lief die Firma etwa doch nicht so gut, wie Birke ihm berichtet hat?

C. Polzer & Comp. – so die Inschrift auf dem goldenen Ornament des Tresors. Ein ansehnliches Stück, ganz sicher alt, ist es zwischen den modernen Möbeln geradezu ein Eyecatcher.

Piet versucht kurz vergeblich, die obere Tür zu öffnen.

„Wo sind denn die Schlüssel?"

„Die Schlüssel? Oh, das weiß ich nicht. Die trug Erik immer persönlich bei sich. Ähm, das aber nicht erst seit Kurzem, das hat er schon immer so gehalten!"

Rückblick, 4 Tage zuvor – Der Unfall Teil 2

„Um Himmels willen! Bist Du wahnsinnig geworden?!"

Das Auto verringerte immer mehr die Geschwindigkeit. Machte sie Anstalten, gleich ganz zu stoppen?

Ein Blick kurzer über seine Schulter: Kein Licht mehr an dem Motorrad! Nichts ist zu sehen, bis auf ein schwaches rotes Licht. - Doch das stammt von der Bremsbeleuchtung … die von ihrem eigenen Wagen.

Wo nur lag der Körper?

„Verdammt! Allzu weit weg kann das doch nicht sein!"

Im Hintergrund war schemenhaft die Brücke über der A27 zu erkennen, über die sie gerade eben noch gefahren waren: Lachend in dem Moment, aufgedreht und … mächtig scharf aufeinander!

Gepusht, nicht zuletzt auch durch den Alkohol. Nicht viel, aber doch so viel, dass sie nicht mehr hätte Auto fahren dürfen – da war er sich völlig sicher.

Hätten sie doch bloß ein Taxi genommen oder wären direkt in ein Hotel gegangen!

Oder … wären eben nach dem Überfahren der Brücke einfach geradeaus gefahren, die Landstraße weiter – und nicht auf diese gottverfluchte Autobahn! - Der Weg zu ihr nach Hause, er wäre sogar kürzer gewesen.

Doch nein!

Die Ampel für Linksabbieger in dem Moment auf grün - und wohl nur deshalb hatte sie spontan die Autobahnauffahrt genommen. Und dann … direkt Gas gegeben.

Viel zu viel Gas!

So viel, dass das Auto in der Kurve die Spur nicht halten, einfach nach links ziehen musste! - Einfache Physik, wusste sie das denn nicht?

War sie abgelenkt, weil seine linke Hand zwischen ihren Schenkeln lag?

Jetzt, in diesem Augenblick, kam der Wagen schließlich auf der Standspur zum Stehen.

„Scheiße, was sollen wir denn jetzt bloß machen“, rief sie laut und hysterisch.

In seinem Kopf hämmerte es.

Sofort raus, um nach dem Motorradfahrer zu schauen?

Obwohl, so wie der abgegangen war?

Zig Mal überschlagen hatte sich das Motorrad.

Und die Person, die drauf saß, der Körper … rutschte einfach hinterher - wie eine Puppe!

Verdammt, denk nach!

Wie groß war die Chance, dass ein Mensch das überlebt … bei einer solchen Geschwindigkeit, und dann … letztendlich unter die Leitplanke einschlagend!?

Ganz genau hatte er es sehen können, weil es sich nur ein Stück weit links vor dem Auto abspielte.

In diesem Augenblick fing sie an zu schluchzen, zu heulen, war versucht, die Fahrertür zu öffnen.

„Warte, bleib noch sitzen! Ich muss überlegen!"

Diese schlagartige Nüchternheit!

Aber gut so.

Weiter nachdenken!

Mit einer solchen Sache darf er auf gar keinen Fall in Verbindung gebracht werden! Seine Karriere? Die wäre direkt vorbei! Und dann – was würde seine Frau dazu sagen?

Verdammt, das Unfallopfer!

Wie lange würde es dauern, bis das nächste Fahrzeug hier vorbeikommen, jemand anderes um Hilfe rufen würde - um diese nächtliche Uhrzeit!

Kaum den Gedanken zu Ende gedacht, bemerkte er etwas … Helles von hinten.

Aufgeblendete Scheinwerfer wahrscheinlich, aber noch ein weites Stück entfernt.

Und in diesem Moment dann, spontan seine Entscheidung: „Los, weg hier! Gib Gas!"

Kapitel VI – Freitag, 22. August

... morgens - Kommissariat – Knut

Es kommt häufig vor, dass Peter Schneider bei ihm vorbeischaut, sich etwas Zeit nimmt und sich setzt, um sich nach seinem Wohlergehen zu erkundigen.

Und dass man dann direkt auch ins Plaudern kommt.

Ein Jahrgang sind die beiden, gerade mal drei Monate älter ist Knut. Jeder hat ungefähr 40 Jahre Polizeidienst auf der Kante, davon beide weit mehr als die Hälfte in dem Nordseeheilbad.

Das alles verbindet natürlich!

Und wenn zudem etwas anliegt, dann erkundigt er sich direkt auch nach dem Stand der Ermittlungen.

„… genau!“, antwortet Knut gerade. „Piet hat da wohl recht. Schon recht auffällig, wie sich Erik Hansen in den letzten Wochen vor seinem Tod benommen hat!“

Der Dezernatsleiter, der ihm gegenüber an Birkes Schreibtisch sitzt, nickt.

„Dann vielleicht doch die Selbstmordtheorie? Aber dazu müssten wir natürlich um die genaue Todesursache wissen! Die toxikologischen Ergebnisse vom UKE lassen wohl noch auf sich warten?“

„Ja, ich habe gestern noch mit denen telefoniert. Es sei schwierig und äußerst aufwendig, die genaue Todesursache von Erik festzustellen. Eine gute Woche werden die in Hamburg sicher noch brauchen.“

„Na gut, dann ist das eben so. Wir können froh sein, dass es heutzutage überhaupt solche Möglichkeiten gibt! Wenn ich da so an früher denke …“ Peter lächelt ihm zu, streicht dabei mit zwei Fingern der rechten Hand über seinen Anchor-Bart.

„Und, ähm … dieser Firmentresor? Den will Piet

unbedingt heute noch öffnen lassen?“

„So hat er mir das jedenfalls gesagt. Und direkt auch einen Schlosser beauftragt. Es scheint ihm also schon wichtig zu sein …“

„Ja, nee, Knut – alles gut. Ich will ihm da auch gar nicht reinreden. Dafür lag er in der Vergangenheit mit seiner Nase zu oft richtig.“

Knut nickt zustimmend und schaut an seinem Chef vorbei durch das Fenster.

Er empfindet es als angenehm, dass der Himmel heute mal bedeckt ist, es endlich etwas kühler ist. Auch wenn für morgen, über das komplette Wochenende, wieder sonniges und warmes Wetter angekündigt ist.

„Ok, und sonst so? Was ist denn mit den Erbschaften?“

„Na ja, ihr Vermögen wird natürlich mit großer Wahrscheinlichkeit an die Familie Pfitz gehen. Und das von Erik Hansen - ich weiß ja nicht, ob seine Mutter überhaupt noch geschäftsfähig ist …!“

„Dann gibt es also zwei Testamente?“

„Ja! Wie es sich bei solchen Vermögen gehört. Das alles liegt bereits beim Nachlassgericht. Die werden heute, spätestens Montag kommender Woche eröffnen.“

„Gut, dann werden wir wohl oder übel auch das abwarten müssen!“

Das Telefon auf Birkes Schreibtisch klingelt.

Knut macht direkt Anstalten, den Anruf auf seinen Apparat zu ziehen.

„Ne Du, schon gut - lass mal, ich sitze ja hier.“

Lächelnd hebt Peter den Hörer ab.

„Apparat Hänning. Schneider.“ Und kurz darauf: „Ah, der Herr Hauptkommissar Friedrich aus Bremerhaven! Von Dir habe ich ja schon Ewigkeiten nichts mehr gehört.“

Knut nimmt einen kräftigen Schluck aus seinem Kaffeebecher. „Sven Friedrich vom Kriminaldauerdienst der Stadt Bremerhaven also“, denkt er.

Der meldet sich sicherlich wegen ihrer gestrigen Anfrage zurück, der Alibi-Überprüfung von Emma Pfitz.

„Nein, die ist im Augenblick nicht am Platz. Aber Du kannst natürlich auch ausnahmsweise mir berichten“, sagt er kurz grinsend.

„Lückenhaft? Was genau meinst Du denn mit lückenhaft?“

Knut zieht eine Augenbraue hoch und schaut zu ihm herüber. Peter erwidert seinen Blick und nickt ihm kurz zu.

„Warte mal kurz, mein Lieber, ich stell Dich mal eben auf laut. Dann kann auch unser Protokollführer Knut Bartelsen direkt mithören!“

... gleiche Zeit - Neustadt - Die Seniorenresidenz

Helene Hansen hat ausgiebig gefrühstückt, was in letzter Zeit immer seltener der Fall gewesen ist.

Appetitlosigkeit und Gewichtsverlust, auch das geht mit dem Fortschreiten einer Alzheimer-Erkrankung einher.

Die Pflegerin Maria Diaz greift gerade über den Tisch, nimmt ihre Hand und lächelt ihr zu.

„Das freut mich jetzt aber. Endlich haben Sie wieder richtig Appetit!"

Der großzügige Frühstücksraum der Dana-Residenz ist fast leer, bis auf ein Ehepaar am anderen Ende sind die beiden allein.

Kurz schaut Maria zur Seite.

Der Terrassenbereich ist zu sehen, im Hintergrund die offene Ostsee.

Wie ein Panoramabild.

Wie heißt es noch gleich so treffend in dem Hausprospekt:

Die Seniorenresidenz bietet Lebensqualität auf höchstem Niveau - in einzigartigem Ambiente und in traumhafter Lage.

„Das hat hier wirklich was …", denkt sie - wie schon so oft.

Es gibt nicht einfach einzelne Zimmer, oftmals auch doppelt belegt, so wie in anderen Seniorenheimen oft üblich.

Sogar in Spanien, in ihrer Heimatstadt Barcelona, da muss man lange danach suchen: Nur großzügige Apartments in der Dana, drei Zimmer oder mehr, und eben komplett alle – mit diesem herrlichen Seeblick.

Sie wendet sich erneut ihrer Patientin zu.

„Und, Frau Hansen, was haben Sie heute denn noch Schönes vor?"

„Ich? Oh, mal sehen ..." Helene sieht nach unten. „Keine Anwendungen, kein Eintrag auf meinem Plan.

Dann habe ich heute wohl frei!", lächelt sie und schiebt den vor ihr liegenden Tagesplan etwas zur Seite.

Grüne Augen, die über den Rand ihrer Lesebrille hinweg Maria mustern. Graue Haare hat sie, die fast silbern wirken. Und die zu ihr passen: einer gepflegten, alten Dame, die geistig jedoch immer öfter und immer länger abdriftet.

„Die letzten Tage ist ja so viel passiert!", meint sie. „Ganz viele neue Menschen, die ich kennengelernt habe!"

Dann, ihr Blick, offensichtlich ist ihr gerade noch etwas anderes eingefallen. Sie lächelt vielsagend und meint: „Habe ich Dir eigentlich schon von meinen Listen erzählt?"

„Listen? Nein, was denn für Listen?"

„Noch nicht? Willst Du sie gern mal sehen? Sie liegen oben in meiner Wohnung. Kommst Du direkt mit?"

Zentis, Sieben-Kräuter-Bonbons zum Hustenstillen steht auf der weiß-braunen, recht alten Blechdose, die sie etwas umständlich öffnet.

Ein kleines, altes Notizheft kommt zum Vorschein: *Leitz*, auch das ist bestimmt mehrere Jahrzehnte alt.

Helene legt es beiseite, holt dann mehrere zusammengefaltete Blätter heraus und schaut Maria mit großen Augen an.

„So, das hier sind die Aufzeichnungen. Hier habe ich sie alle, alle eingetragen!"

Maria erkennt Namen und Kommentare dahinter. Allesamt handschriftlich eingetragen, offensichtlich alle mit Bleistift, einige wenige wohl auch mit einem dunklen Buntstift.

Manchmal klar zu lesen, dann wieder recht undeutlich oder gar unleserlich. Durchnummeriert sind die einzelnen Namen - wie auch die einzelnen Zettel.

Blatt Seite *II* liegt gerade oben auf.

Nr. 18. Sabine. 2. Etage.

Und dahinter:

Ist sehr lieb. Stammt aus Flensburg. Der Mann ist früh gestorben. Zwei Kinder. Grüßt immer und spricht oft mit mir. Fragt, wie es mir geht. Nimmt mich oft auch in den Arm.

„Ach ja, ich sehe gerade. Sie haben auch die Frau Schumann hier im Hause eingetragen. Das ist sie doch, oder?“, fragt Maria und zeigt mit dem Finger darauf.

„Oh ja! Die mag ich besonders gern. Sie wohnt hier in der zweiten Etage … ich ja in der dritten! Wir sind auch schon oft zusammen zum Essen gewesen, weißt Du!“

„Das finde ich ja richtig klasse! Ähm … und die Namen von gestern, haben Sie die etwa auch eingetragen?“

„Aber ja, natürlich! Moment mal …“

Helene legt einige Blätter zur Seite, gelangt schließlich zum offensichtlich letzten Blatt.

Darauf steht vermerkt *V)*.

Mit dem Handrücken fährt sie darüber, versucht so wohl, das Blatt zu glätten; zärtlich, es sieht fast wie ein Streicheln aus.

„Siehst Du hier?“

Es ist der letzte Eintrag, zu lesen ist:

Ruth, Petra und Emma. Cuxhaven. Verwandte von Erik??

Die Angehörigen ihrer Schwiegertochter also, zusammen in einer Zeile.

„Und - warum die beiden Fragezeichen hinter Eriks Namen?"

„Naja, das kam mir alles doch recht merkwürdig vor. Ich kannte diese Leute ja alle nicht. Und dann ... auch wenn das Essen gut war und ich Cuxhaven endlich mal wiedergesehen habe - aber diese stundenlange Autofahrt hin und wieder zurück – einfach nur grässlich!"

Maria sucht ihren Blick.

Sie setzt die Realität einfach nicht um.

Überspielt sie es?

Hat sie es einfach nur vergessen?

Oder ... ignoriert, verdrängt sie es, weil der Schmerz zu groß ist?

„Jaja, Frau Hansen, ich fand die Fahrt ja auch recht anstrengend!", erwidert Maria vorsichtig.

„Du also auch! Und dann ... dann haben wir noch nicht einmal meinen Jungen besucht!"

Helene legt sämtliche Blätter wieder auf einen Haufen. Oben auf jetzt die Nr. *1.)*

„Siehst Du, ihn habe ich natürlich ganz vorn eingetragen. Guck hier, sein Name, die Nummer 1!"

Erik ist zu lesen, dahinter ein aufgemaltes Herz. Sehr viele Kommentare darunter, einige davon wieder unleserlich.

Ganz unten, der letzte Eintrag – doch den hat sie teilweise wieder durchgestrichen:

28. Juli. ~~Mein Junge kommt mich heute besuchen.~~

Vormittag - irgendwo im Cuxland – Die offene Tür

Der Knall ist sehr laut!

Einmal, dann gleich noch einmal.

Er kennt diese Art von unangenehmen Geräuschen, hat früh gelernt, damit umzugehen.

Ruhig bleiben, nicht erschrecken – es ist nichts Böses, es gehört mit dazu!

Doch instinktiv spürt er, dass es dieses Mal anders ist, dass die lauten Knalle nicht einer Beute, sondern ... dass sie ihm gelten!

In seiner kleinen Brust hämmert es.

Kleine Dackel haben einen Herzschlag von bis zu 130 pro Minute – den allein schon im Ruhezustand!

Doch aber jetzt gerade?

Aber - das alles weiß er natürlich nicht.

Und selbst wenn ... es wäre ihm sicher egal.

Er läuft und läuft, einfach so schnell er kann!

Soweit möglich, geradeaus. Nur wenn ihm die Löcher zu groß erscheinen, dann schlägt er einen Haken, um drum herumzukommen.

„Kommst Du zurück!“

Erneut knallt es. Etwas zischt an ihm vorbei.

„Mistvieh!“

Die beiden Stimmen vermag er zu unterscheiden.

Die eben, die kam von dem größeren Menschen. Den, den er so überhaupt mag, auch, weil der ihm von Anfang an gefährlich vorkam.

Seine kurzen Beine wirbeln nur so.

Weg hier, bloß weg!

Direkt vor ihm - der Weg geht zu Ende.

Ein weiterer Weg, der sich anschließt: breiter, eine Straße! Nur nicht einfach drauflaufen, auch das hat er gelernt.

Schilf und hohe Gräser an den Seiten davor: Dort gleich rein, um sich zu verstecken?

Ja, denn auch damit kennt er sich aus.

Schnell!

Erneut ein kurzer, letzter Haken vor einem Schlagloch ... und er landet schließlich in einem trockenen Graben.

Freitagmittag – Hansen Bau GmbH II - Birke

„Keine Sorge, ich werde schon auf das Schätzchen aufpassen! Ein einziges 6-mm-Bohrloch pro Tür sollte reichen! -Wobei ich natürlich nur hoffen kann, dass ich direkt die richtigen Stellen erwische!“, sagt der Techniker grinsend und setzt die Bohrmaschine an.

Über 200 Jahre soll der Tresor alt sein, ein seltenes Sammlerstück von ziemlichem Wert also. Und deshalb hat Piet nicht irgendeinen Schlosser, sondern direkt eine Spezialfirma aus Bremen mit der Öffnung betraut.

Eine, die möglichst keinen großen Schaden anrichtet, die das Innenleben oder auch die Schlösser nicht oder kaum beschädigt – so hatte er es ihr zuvor erklärt.

Die Bohrgeräusche sind sehr laut, eine Unterhaltung ist so nicht möglich.

Birke, die neben Piet steht, tritt einen Meter zurück, fasst und zieht leicht an seinem Arm - als Zeichen, dass er es ihr gleichtun soll.

„Was sagt denn unser Chef dazu? Diese Aktion kostet doch ganz sicher … ein paar Euro?“, fragt sie laut.

Er hat es nicht verstanden, stellt sich noch dichter an sie heran, legt dabei den rechten Arm um ihre Schultern und senkt seinen Kopf:

„Was hast Du gerade gesagt? Muss ein ziemlich dickes Brett sein, dieser Tresor!“

Sie lächelt, schaut zu ihm hoch.

Wie ungewohnt ...

So dicht kommt er ihr nur selten.

Eigentlich … nie.

Irgendwie wird ihr warm.

„Nichts, schon gut. Ich habe mir nur kurz ein paar Gedanken um die Kosten gemacht!“

Er nickt … und dreht ihr erneut sein Gesicht zu.

Der Blick jetzt - ganz nah - direkt in ihre Augen.

Vertraut, ja – aber ist da nicht auch etwas anderes?

Enorm lange drei oder vier Sekunden …

Dann hören die Bohrgeräusche abrupt auf.

Und im selben Augenblick … trennen sich auch wieder ihre Blicke.

... 10 Minuten später – gleicher Ort - Piet

„Was war da eben nur mit mir los?“ Piet versucht sich zu konzentrieren und blickt wieder nach unten.

Die obere wie auch die untere Tür des *C. Polzer & Comp. Tresores* stehen jetzt weit offen.

Er greift in eines der verschiedenen Fächer und zieht einen Stapel Papiere heraus.

Es sind Notarverträge, offensichtlich über den Kauf von zwei Grundstücken.

Piet weiß, dass die Hansen Bau aktuell ein Mehrfamilienhaus mit fünfzehn Ferienwohnungen in Duhnen, dem mondänen und größten Kurteil von Cuxhaven, errichtet.

Das Fach darunter: Kreditverträge, die nach Vor- oder Zwischenfinanzierungen aussehen.

Doch ja – das Emblem - mit der Sparkasse Cuxhaven.

Laufende Kredite von insgesamt 1,5 Millionen Euro scheinen es zu sein.

Nun denn, solche kurzzeitigen Finanzierungen sind in der Branche gang und gäbe. Um damit die Baukosten vorzufinanzieren. Und hinterher, mit dem Abverkauf der einzelnen Wohnungen, dann werden diese Kredite wieder abgelöst.

Ein Blick in die entsprechenden Kontoauszüge, der wäre jetzt gut. Aber die scheinen nicht im Safe zu liegen.

Vielleicht hat Erik sie doch mit zu sich nach Hause genommen?

„Herr Müller, Ihnen ist nicht bekannt, was im Einzelnen hier so alles liegt?“

„Na ja, Sie wissen ja. In den letzten 3 Wochen war Erik eher verschlossen“, antwortet der, ein Stück weit hinter

Piet stehend. „Also, Papiere natürlich, fast immer auch Bargeld – oft mehrere tausend Euro!“

„Kommen Sie doch einfach mal zu mir. Sie wissen ja schließlich, wo was liegt.“

Im Hintergrund ist kurz ein Lachen zu hören.

Hell und … warm.

Piet erkennt es natürlich sofort und schmunzelt.

Es kam von Birke, die gerade im vorderen Bereich der Firma ist, um die einzelnen Mitarbeiter zu befragen. Die Zeit jetzt, kurz vor 13.00 Uhr, kommt ihr entgegen. Feierabend für die Angestellten der Hansen Bau, gleich geht es für alle ins Wochenende … und so hat sie alle direkt zusammen.

„Also – die Münzen kann ich schon mal nicht finden!“, sagt Herr Müller, der neben ihm in die Hocke gegangen ist und jetzt zu ihm hochschaut. „Sie lagen immer hier unten, in dem großen Fach hier!“

„Ach so? Münzalben, oder …?“

„Ja, drei Stück. In Alben aus schwarzem Leder. Soweit ich weiß, waren die meisten Münzen aus Gold! Viel *Krügerrand*, *Schweizer Goldmünzen* und so.“ Und nach einer kurzen Pause: „Oder ob er sie vielleicht im Außenlager …?“

„Wie, die Firma hat ein weiteres Lager?“

„Ja, eine kleine Halle im *Alten Fischereihafen.* Wir lagern dort teure Baustoffe wie Marmor, auch mal Möbel. - Obwohl, nein. Das kann auch nicht sein. Dort gibt es zwar einen Büroraum, aber keinen Safe. Nur einen einfachen, verschließbaren Schreibtisch.“

„Okay. Und das Bargeld? Das liegt hier immer wo?“

Herr Müller zieht das oberste Fach des unteren Tresor-Teiles heraus.

Ein erneuter Blick nach oben, dann folgt ein Kopfschütteln.

„Sie wissen nicht, ob und wie viel Geld hier zuletzt lag? Und wenn, wofür er es ausgegeben haben könnte? An irgendeinen Zulieferer oder Subunternehmer vielleicht? Oder vielleicht auch für Lohn-Vorschüsse?"

„Nein. Das letzte Mal, dass er ihn vor meinen Augen geöffnet hat? Tja, das ist auch schon länger her. Aber da war noch ein ziemlicher Batzen an Bargeld drin. Und eben auch die drei Münzalben. Und, ach so ja, die natürlich auch … seine Waffe!"

15.30 Uhr - Wohnung von Emma - Piet

„So, Frau Pfitz. Sie haben ja ausgesagt, in der Nacht von Sonntag auf Montag von um kurz vor zwölf … ähm, bis um drei Uhr in dieser Bar Hanseat in Bremerhaven gewesen zu sein."

Es ist das gleiche Rollenspiel wie zwei Tage zuvor.

Birke fragt, er schweigt weitgehend und beobachtet.

„Äh, ja genau. So in etwa", antwortet Emma. „Auf die Minute genau kann ich es natürlich nicht sagen. Wieso?"

„Sie wollen allein dagewesen sein. Über, Moment … über drei Stunden. Ist das richtig?"

„Ja. Aber auch das habe ich Ihnen doch schon gesagt!"

„Haben Sie in dem Club denn mit niemandem länger gesprochen? Vielleicht auch jemanden kennengelernt, mit dem sie dann zusammen etwas getrunken haben?“

Auch jetzt reagiert sie wie vorgestern: Sie schlägt die Beine übereinander, schaut zu Piet herüber und zwingt sich ein Lächeln ab.

„Was will Ihre Kollegin eigentlich von mir? Ich habe schließlich ein Alibi! Und der Rest – der geht Sie beide ja nun wirklich nichts an!“

„Stimmt. Also der Barkeeper hat das auch so bestätigt“, fährt Birke das Verhör fort.

„Na also. Und was soll … der Scheiß hier jetzt?“

„Der Scheiß ist, Frau Pfitz, dass unsere Kollegen in Bremerhaven sehr gründlich waren“, mischt sich Piet ein. „Der Club ist noch neu und verfügt selbst noch über keine eigenen Sicherheitskameras. Dafür aber, wissen Sie - gegenüber ist eine alte Apotheke. Und die verfügt über eine - die auch den Eingangsbereich der Bar gefilmt hat.“

Ein kurzer Moment des Schweigens.

Sie schaut verdutzt, scheint dann zu überlegen.

„Ja, na und? Dann bin ich eben auch mal draußen gewesen. Es ist warm, wir haben schließlich noch Sommer!“

„Genau das haben wir gemeint. Sie sind draußen gewesen. Aber nur ein einziges Mal. Und das war …“, Birke schaut kurz in ihr Notizheft, „exakt von 1.16 Uhr bis um 2.51 Uhr.“

Und nach einer kurzen Pause: „Über eineinhalb Stunden also. Wo sind Sie in der Zeit gewesen? Ich meine Sie … und der Mann?“

Emma räuspert sich und schluckt trocken.

„Äh, welcher Mann denn jetzt?“

„Das wüssten wir auch gerne“, erwidert Piet und legt ihr ein Foto auf den Tisch.

Die Aufnahme in Schwarz-Weiß ist nicht gut. Aber immerhin ist Emma darauf zu erkennen, wie sie gerade die Bar verlässt - Arm in Arm mit einem größeren Mann, vielleicht um die 40.

„Ein Schäferstündchen vielleicht?“

„Also ehrlich! Und selbst wenn! Auch das geht Sie einen feuchten Kehricht an!“, poltert sie.

„Ja, auch das stimmt. Wenn es zeitlich nicht ausgerechnet zu dem Feuer in Cuxhaven passen würde! Wir wissen, dass Sie einen Audi A5 mit über 200 PS fahren! Mit etwas Gas in 35 Minuten hin, in der gleichen Zeit wieder zurück. Eine gute halbe Stunde hätten sie Zeit gehabt, um ... Also, wer ist der Mann auf dem Foto?“

„Ich ... das, ääh, das ... weiß ich nicht mehr. Wirklich!“

„Und dann kehren sie später tatsächlich nochmal zurück. Allein, und ohne diesen Mann. Um in dem Club erneut etwas zu trinken – und kurz darauf das Getränk zu bezahlen?“

... etwas später - „Die Telefonvorwahl“ - Piet

A 27 - Cuxhaven - 15 Kilometer

steht es auf der blauen Entfernungstafel.

Piet setzt den Blinker, um auf die linke Spur zu wechseln und an zwei hintereinanderfahrenden Sattelzügen, die jeweils einen Container geladen haben, vorbeizuziehen.

Beide haben jeweils ein CUX-Kennzeichen. - Fast 16.30 Uhr … für die Fahrer ist es womöglich die letzte Tour vor dem Wochenende.

Kurz schaut er zu ihr herüber.

Die merkwürdige Spannung zwischen ihnen, diese völlig ungewohnte, verlegene Unsicherheit, sie ließ die beiden auf der knapp halbstündigen Hinfahrt noch recht stumm nebeneinandersitzen.

Jetzt hält Birke ihr Handy in der Hand, um eifrig nach einem bestimmten Waffentypus zu suchen.

„Wirklich eine *Glock*? Ist das nicht etwas ungewöhnlich für einen Jäger hier an der Küste? Oder ist er etwa auch auf Großwildjagd gegangen“, überlegt sie laut.

Ja - einen richtig guten und schnellen Job hat Knut da im Vorfeld gemacht!

Kleiner Dienstweg, ganz einfach:

Ein direkter Anruf beim Waffenamt in Cuxhaven hatte gereicht. Seine Frage: Welche Waffen waren im Einzelnen auf der Waffenbesitzkarte von Erik Hansen eingetragen? Das Ergebnis per Mail dann hat er direkt mit der Liste der SpuSi abgeglichen.

Vier Langwaffen, zwei Schrotgewehre, zwei Handfeuerwaffen: Alle konnten in der Waffenkammer im Brandhaus in Döse sichergestellt werden.

Alle - bis auf eine halbautomatische Pistole … eine *Glock 20*.

„Du, ich weiß es auch nicht!“, meint Piet. „Diese Art von Kurzwaffen nutzen Jäger ja zumeist für Fangschüsse. So besehen kann es natürlich sein, dass er mal in Afrika war. Oder … vielleicht ja auch in Deiner

Heimat? Gibt es in Finnland nicht eh viel mehr Elche als Finnen?“

Birke grinst und schaut weiter auf ihr Telefon.

„Booh … ich lese hier gerade: 10 mm Kaliber soll das Teil haben! Stell Dir das mal vor!“, sagt sie. „Also, für die paar Kaninchen und Hasen, die hier im Flachland herumhoppeln, das wäre wie … wie sagt man noch dazu - ein Schießen auf Spatzen mit einer Kanone?“

Er lacht, als es klingelt.

Das Display in ihrem VW-Dienstwagen leuchtet auf.

Eine Vorwahl ist zu erkennen: *04561*

Piet überlegt.

Von wo kommt der Anruf?

… gleiche Zeit – irgendwo im Cuxland - Martin

„Wie wäre es denn jetzt mit einem schönen Bier?“
Martin schaut kurz zu ihm auf, verzieht dabei keine Miene.

„Gut, ja, aber ein kaltes!“

Freundlichkeit, verbindlich sein - so wie vor Kurzem noch, das ist jetzt nicht mehr nötig.

Schon damals, als er noch in Behandlung war, da hatten ihm seine Ärzte bestätigt, dass das typisch sei, es zu seinem Krankheitsbild, zu seiner Persönlichkeitsstörung gehören würde: Mit kalter Raffinesse, dabei überaus charmant … andere um die Finger zu wickeln, sie so zu manipulieren, dass man immer bekommt, was man haben will.

Fiete kommt mit zwei Bierflaschen zurück, stellt eine davon vor ihm ab und will sich gerade wieder zu ihm an den Küchentisch setzen.

„Warte. Du weißt doch - ich will erst die Flaschen vergleichen!“

Fiete reagiert direkt: Er verharrt in der Bewegung, um ihm dann auch seine Flasche herüberzustellen.

Demut, Vorsicht … sicher auch etwas wie Furcht mischen sich in seinen Augen.

„Dieser Clown“, denkt Martin verächtlich.

Es ist ein Gefühl der Missachtung … für ihn aber auch eine reine Feststellung.

Stets rational, dabei völlig gefühlskalt, so eine weitere Beschreibung seines Ichs.

Er hält beide Flaschen hoch, um sie zu vergleichen, sich die dunklere auszusuchen: Bier aus dunklen Flaschen schmeckt besser, weil Lichteinstrahlungen wie die Sonne dem nicht ganz so geschadet haben - davon ist er überzeugt.

Veränderungen des präfrontalen Cortex und der Kortex, so lautete seine Diagnose:

Psychopathen kennen keine Liebe.

Keine Trauer.

Keine Angst.

Psychopathen akzeptieren und mögen nur eine einzige Person: sich selbst!

Und sie lieben das Gefühl, über andere zu herrschen.

Fiete auf der anderen Seite des Tisches prostet ihm zu. Martin nickt kurz und nimmt einen kräftigen Schluck.

Er ist durch mit ihm.

Fiete hat alles getan, was er ihm aufgetragen hat.

Mehr will Martin nicht.

Wieder mal hat er sein Ziel erreicht …

Wie wohl er sich doch in seinem Sein fühlt.

„Psychopathie, das soll eine Krankheit sein?“, denkt er, und ein Anflug von einem Grinsen kommt über sein Gesicht, als er die Flasche direkt ein zweites Mal ansetzt.

Kapitel VII – Samstag – Neustadt in Holstein

Morgens – „Hotel Arborea Marina" - Piet

Er zieht den silberfarbenen Griff der Fahrertür seines Opels nach oben, um zu prüfen, ob er sie auch richtig verschlossen hat.

Dann schaut er sich noch kurz um.

Vor etwas mehr als einer Woche noch eine Komplettreinigung erhalten, grenzt sich der in der Sonne glänzende, fast 50 Jahre alte Oldtimer von den modernen Fahrzeugen in der Parkreihe deutlich ab.

Viel mehr Plastik haben die anderen, sind nicht nur optisch größer. Andersartige Motoren - modernere Techniken eben.

Alles schön und gut.

Doch für ihn sehen sie alle gleich aus, wirken irgendwie seelenlos.

Sein alter GS/E in dem Blaumetallic und dem schwarzen Vinyldach dazwischen, ein lebendiges Schätzchen, artfremd, fast nicht mehr dazugehörend - ein Relikt aus einer anderen Zeit eben …

„Alleine schon, sein Baujahr Anfang der 1970er Jahre", denkt er. „Damals gab es noch vier Milliarden Menschen auf der Erde. Und heute? Mehr als doppelt so viel!"

Für ihn ist das der klare, der ursächliche Grund für all die aktuellen, enormen Probleme der Welt.

Und mit diesem Gedanken dreht sich Piet um und geht wieder in Richtung des Hoteleinganges des *Arborea Marina Resort* in Neustadt an der Ostsee.

Gleicher Ort – Birke – gleiche Zeit

Ein orangefarbener Stuhl steht vis-à-vis an ihrem Frühstückstisch, daneben das Pendant in einem auffälligen Blauton. - „Bonbonfarben“ fällt ihr ein.

Sie schiebt ihren benutzten Teller ein Stück nach vorne, um ihre Hände davor ablegen zu können.

Dann wandert ihr Blick nach links Richtung Foyer.

Wo bleibt er denn jetzt?

Im Hintergrund bedienen sich einige Hotelgäste gerade am Buffet. Über diesem Bereich steht auf einer Art überdimensionaler Kreidetafel in großen, geschwungenen Lettern: *Die geheime Zutat ist immer Liebe!*

Birke lehnt sich entspannt zurück und lässt die Geschehnisse Revue passieren.

Der Anruf mit der ungewohnten Vorwahl gestern, der kam nicht, wie von ihr im ersten Moment angenommen, von den Kollegen der Polizei aus Neustadt, sondern aus der Seniorenresidenz Dana.

Es sei merkwürdig, so erklärte die Pflegerin Maria Diaz dann, sie wisse gar nicht, was sie jetzt tun solle.

Helene Hansen sei aktuell bemerkenswert klar – und fordere auf einmal mit einem ungewöhnlichen Nachdruck, mit der Polizei sprechen zu wollen.

„Nicht mit irgendeinem Beamten, sondern unbedingt und ausschließlich nur mit diesem großen, blonden Polizisten aus Cuxhaven …“, erklärte sie.

Steckt etwas Reelles dahinter, oder war es nur irgendeine mit Alzheimer einhergehende, eine temporäre Anwandlung?

Birke war sich in diesem Moment auch absolut sicher, dass Piet auf die Zuständigkeit der Kollegen vor Ort in Neustadt verweisen würde.

Doch stattdessen hinterfragte er es in ein paar Sätzen, überlegte einen Augenblick und entschied dann spontan, sich doch persönlich darum kümmern zu wollen.

„Das sind mir einfach zu viele Zufälle!“, erklärte er ihr hinterher.

Die verschwundene Waffe. Das unerklärliche Fehlen der Wertsachen und Papiere aus dem Firmensafe. Und insbesondere das merkwürdige Verhalten von Erik vor dem Feuer - wie natürlich auch die Umstände in der Brandnacht selbst.

Und dann … jetzt auch noch seine Mutter!

„Zu viel, zu undurchsichtig, aber womöglich alles zusammenhängend!“

Erste Verdachtsperson bleibe im Augenblick selbstverständlich Emma Pfitz.

„Wir sprechen am Montag ab, dass wir da weiterkommen.“, erklärte er. „Doch zuvor will ich erstmal mit Helene Hansen sprechen. Da ist irgendwas im Busch, ich bin mir sicher. Du weißt, was ich meine, Birke?“

„Jo, ich denke schon. Und im Übrigen – why not? Schleswig-Holstein ist ja auch schön. Das letzte Mal war ich Sommer vor zwei Jahren in St. Peter Ording. Ein verlängertes Wochenende, damals noch mit meinem Ex. - Du erinnerst dich vielleicht?“

Einfach nur so hatte sie es gesagt, ohne irgendeine besondere Intention und ohne wirklich eine Antwort zu erwarten: Schleswig-Holstein ist schön – ich war mal da - und Punkt.

Doch dann, schnell und für sie völlig überraschend, seine Reaktion …

„Na dann, warum fährst Du nicht einfach mit?“

Völlig baff war sie in diesem Augenblick gewesen.

Und jetzt - jetzt sitzt sie doch tatsächlich hier!

Gestern Abend nach der knapp 4-stündigen Fahrt waren sie beide sehr müde und sind deshalb direkt ins Bett gegangen.

Herrlich geschlafen, heute Morgen gut und reichlich in diesem Hotel direkt am *Ancora Marina*, dem wohl größten Yachthafen an der Ostsee überhaupt, gefrühstückt … wartet sie jetzt auf Piet, der eben nur kurz irgendeine Klamotte aus seinem Oldtimer holen will.

… gleiche Zeit - woanders – Der Unfall, Teil 3

Mein Gott!

Beide Beine, er hat gleich beide Beine verloren!

Anfangs, die ersten Tage nach der Unfallnacht, da konnte er noch damit umgehen, es irgendwie verdrängen und überspielen. Da dachte er nur an eines: An seine Ehefrau und an seine politische Karriere: Wenn das rauskommen würde …

Allein was die Zeitungen schreiben würden!

Hoher Kommunalpolitiker in schwerem Unfall verwickelt. Am Steuer: seine betrunkene Geliebte!

- Das ... sagt seine Ehefrau dazu ...

Die Konsequenzen, sie wären fatal!

Und so drückte er sich, verheimlichte, dachte nur an sich und kaum an das Opfer!

Ein ganz junger Mann, gerade mal 20 und wohl noch in der Ausbildung. Voller Lebenspläne, Träume und Perspektiven!

Sandra, seine Ehefrau auf der anderen Seite des Tisches, lächelt ihm gerade zu und fragt:

„Magst Du noch einen Tee, Schatz?"

Er nickt nur und hält ihr dann seine Tasse entgegen.

Fast 20 Jahre Ehe! Zwei Kinder haben sie, Zwillinge, die jetzt erwachsen sind und beide im Ausland studieren.

Wie konnte ihm das nur passieren - das mit der Anderen!?

Ausgetrocknet war er gewesen, hungernd nach Sex, nach etwas Neuem, nach einem anderen Körper.

„Willst Du nicht gleich erstmal an den Schreibtisch?", meint Sandra.

So viel Verständnis hat sie für ihn. Kümmert sich, ist stets für ihn da. Mit keinem Menschen kann er so reden wie mit ihr! Zusammensein, planen, einander verstehen, sich ergänzen.

Die perfekte Ehefrau, ganz klar. Besser hätte er es gar nicht treffen können!

Doch was wäre, wenn sie davon erfahren würde?

Es ist ihr sofort, hier und jetzt, alles gestehen würde?

Die Geliebte, dieser Unfall …

Wie würde sie reagieren?

Sie ist ein so stolzer Mensch.

Es würde sie natürlich enorm treffen.

Sie wäre verletzt, tief verletzt – zu tief?

Und so überlegt er:

„Ich muss jetzt allein sein! Ab ins Büro! Dann dort sitzen und abschließend darüber nachdenken: Alles schonungslos gestehen und auf Sandras Liebe hoffen … oder gleich dann endgültig die Entscheidung treffen, es auch in Zukunft zu vertuschen … und ein Leben lang mit dieser schlimmen Schuld zu leben!“

Etwas später – Seniorenresidenz Dana – Maria Diaz

Samstagvormittag, für sie heißt das wieder einmal: Wochenendfrühschicht.

Es ist fast 10.00 Uhr, und damit hat sie die Hälfte des Arbeitstages bereits geschafft.

Den Einkauf gestern schon erledigt, hat Maria Diaz nach der recht anstrengenden Woche fest geplant, den Nachmittag mit Freund und Hund am Ostseestrand zu verbringen.

Doch wozu extra weit fahren? Nur die paar Kilometer bis nach Pelzerhaken, einem der beiden Ortsteile von Neustadt – dort, wo der Hundestrand recht lang und nicht nur das Eiscafé in direkter Nähe richtig gut, dabei so gut wie nie überlaufen ist.

„So, wir haben es gleich geschafft!“, sagt sie und lächelt den beiden zu, die neben ihr den Gang der 3. Etage der Seniorenresidenz Dana entlang gehen.

„Und Frau Hansen ist auch heute tatsächlich ähnlich klar wie gestern?“, fragt der Polizist.

„Oh ja! Auch wenn sich das erfahrungsgemäß natürlich schnell wieder ändern kann. Ähm, beim Frühstück heute Morgen jedenfalls war sie wieder richtig gut drauf. Geistig rege, aufgeschlossen, interessiert … - Sie hat übrigens auch direkt wieder von Ihnen und Ihrem Besuch heute gesprochen!"

„Na, das ist doch schon mal schön", lächelt er. „Und, Frau Diaz … ist da denn noch etwas, was wir noch nicht wissen? Hat Frau Hansen noch irgendetwas erwähnt?"

„Also, nein, nicht wirklich", überlegt sie, „das meiste habe ich Ihnen gestern schon am Telefon erzählt!"

„Sie meinen die Sache mit ihren Aufzeichnungen und diesem Datum unter dem Namen ihres Sohnes? - Und dass sie den Eintrag dann durchgestrichen hat?"

„Genau. Das habe ich in ihren Listen so nämlich an keiner anderen Stelle gesehen … also, dass etwas durchgestrichen wurde. Man kann so etwas ja am Papier erkennen. Wenn, dann hat sie immer nur wegradiert!"

„Also - durchgestrichen, trotzdem Erik Hansen an dem besagten Tag, am 28. Juli - das war doch das Datum?"

„Genau."

„… tatsächlich an dem Tag auch hier gewesen ist?"

Sie nickt: „Ich verstehe nicht, wie sie seinen Besuch so komplett negieren kann. Er ist … er war schließlich ihr Sohn. Und der Einzige, an den sie sich ausnahmslos immer erinnern konnte – sogar wenn sie mal völlig durch den Wind war. Erik hier, Erik da … so heißt es ja auch heute noch!"

Der Kommissar schaut zu Maria herüber. Sie überlegt: Glaubt er ihr etwas nicht?

„Also wissen Sie, so langsam zweifle ich ja auch schon an mir selbst. Aber - ich bin gleich zu Anfang seines

Besuches noch dabei gewesen. Und ich habe ihn erkannt. Ganz klar: Es war wirklich ihr Sohn! Der im Übrigen an dem Tag sehr schlecht gelaunt war und wollte, dass ich die beiden sofort wieder alleinlasse."

„Verstehe. Ähm, da fällt mir ein … verfügt Frau Hansen eigentlich über ein Telefon, ein Handy?"

„Ja, doch, sicher."

„Und wissen Sie, ob sie versucht hat, ihn in letzter Zeit mal telefonisch zu erreichen?"

„Nein. Sie telefoniert eher selten. - Aber das kann sie ihnen sicher gleich selbst beantworten!"

„Tja, das ist alles schon ein wenig - sagen wir mal: dubios", urteilt er. „Aber natürlich ist es gut, dass Sie uns informiert haben. Denn - wer weiß, was dahintersteckt. Vielleicht ja auch etwas völlig anderes, - etwas, wovon wir im Augenblick noch gar nichts wissen …"

„Dann kann Frau Hansen ja auch noch nicht verinnerlicht haben, dass ihr Sohn nicht mehr am Leben ist, richtig?" fragt jetzt seine Assistentin.

„Nein, nein", antwortet Maria. „Keine Trauer bei ihr, da ist nichts. Sie ist einfach nur beunruhigt und in Sorge, weil sie Erik vor zwei Tagen nicht in Cuxhaven gesehen hat. Und überhaupt … weil er sich eben seit Wochen nicht mehr bei ihr meldet. Insoweit … wird sie ihn vor seinem Tod auch länger nicht mit ihm telefoniert haben ..."

Sie erreichen gerade die Tür ihres Apartments, als sie ergänzt: „Ach so, wir reden hier im Haus übrigens aktuell überhaupt nicht mit ihr darüber, dass er verstorben ist. Vielleicht wäre es besser, wenn Sie das gleich auch nicht tun?"

„Ach so, ja na klar! Und … sonst? Gibt es so etwas wie Verhaltensregeln … für gleich? Ich meine, wie sollten wir und ihr gegenüber gleich verhalten, wie mit ihr umgehen?“, fragt wieder der Kommissar.

„Ja“, antwortet Maria, „seien Sie möglichst freundlich und ihr zugewandt, das wäre schon wichtig. Obwohl sie klar ist: Sprechen Sie trotzdem nur langsam und in einfachen und kurzen Sätzen - vielleicht ein bisschen so, wie mit einem Kind. Und dann: Fragen Sie möglichst immer nur nach einer Sache … und achten Sie dabei auch auf die Körpersprache von Frau Hansen!“

… 5 Minuten später - Piet

„Moment, bleibt Ihr mal schön in der Sonne, ich hole es gleich mal!“, sagt sie und verschwindet mit einem vielsagenden Lächeln in ihre Wohnung.

Tatsächlich, es ist ein Riesenunterschied zu vorgestern noch, auf dem Friedhof.

Gleich sofort hat er es bemerkt, an ihren Sätzen, an ihrem Verhalten: Konzentrierter ist sie, sehr viel klarer die Gedanken. Kein Missverstehen, kein Abdriften mehr.

Ob das auch so bleibt, wenn es gleich um ihren Sohn geht? An was wird sie sich erinnern? Werden sich neue Aspekte ergeben, die das Bild über Erik vervollständigen?

Er schaut zu Maria Diaz herüber und nickt kurz: „Ja, ich werde aufpassen und vorsichtig sein“, soll es bedeuten.

Dann geht sein Blick nach rechts, rüber zu Birke.

Die letzten Minuten war sie recht still.

Jetzt sitzt sie da, lächelt ihn an - und zieht kurz eine Augenbraue hoch.

Ein Schäkern?

War die Idee wirklich gut, sie mit nach Neustadt genommen zu haben?

Spontan sein Gedanke gestern im Auto, aus dem Bauch heraus - aber auch richtig zu Ende gedacht?

Allein auch schon, niemandem davon erzählt zu haben.

Und schließlich: Ermittlungen in der Freizeit sind das hier, zudem in Holstein, also in einem anderen Bundesland.

„Nun ja", überlegt er, „grenzwertig ist es, aber wohl nicht unmöglich."

Als Erklärung vielleicht eine Art *Zeit im Verzug*: Wer weiß, wie lange Frau Hansen sich noch erinnern und etwas zur Sache aussagen kann!

Vor Gericht später wäre das sicherlich nur bedingt verwertbar, aber immerhin: Auch Hinweise, denen man nachgeht und die dann zu einer faktischen, auch anders gelagerten Beweislage führen könnten, sind schließlich wertvoll.

Birke - ihr Blick - sie lächelt ihm wieder zu.

Oder noch immer?

Er erwidert es …

Natürlich hätte er auch allein fahren können.

Doch nein, der Gedanke, sie hier sich zu haben, der gefällt ihm immer mehr!

„Ich habe es!", ruft Helene schon von drinnen.

Gespannt lehnt er sich zurück.

Sie sitzen draußen an einem modernen Gartentisch aus Aluminium, auf einer recht großen Terrasse, die zu ihrem Apartment gehört.

Sehr ungewöhnlich für ein Altenheim: Geschätzte 50 Quadratmeter Fläche sind es hier mindestens.

Edle Marmorfliesen liegen auf dem Boden. Sind die vielleicht italienisch? Eine kunstvolle Balustrade mit kleinen Sockeln grenzt die Terrasse ein: auch aus Marmor? In dem hellen Beige jedenfalls wirkt alles hier sehr einladend und freundlich.

Und der freie Ostsee-Blick dahinter setzt dem Ganzen natürlich eine Krone auf. Richtung Osten. Jeden Morgen die aufgehende Sonne - das hat natürlich was …

Sie strahlt über das ganze Gesicht.

Den Rücken betont gerade, sitzt Helene auffallend aufrecht am Tisch, vor sich offensichtlich die handschriftlichen Papiere, über die die Pflegerin gerade noch gesprochen hat.

„Wollt Ihr nicht doch einen Kaffee? Maria könnte ja schnell einen machen!“

„Nein danke. Immer noch nicht. Aber gern ein anderes Mal“, antwortet Piet, der neugierig ist und möglichst schnell mit ihr ins Gespräch kommen will.

„Na gut, aber nicht vergessen: Ich habe es Euch angeboten!“

Alle lachen.

Wirklich, es ist, als ob sie gar nicht krank wäre.

„Was sind denn das für Unterlagen, die Sie dahaben, Frau Hansen?“

„Na, das sind meine Notizen“, antwortet sie. „Ich notiere mir immer alles gleich, was so passiert. Bin ja nicht mehr die Jüngste, weißt Du? Und im Alter wird man schließlich immer vergesslicher!“

Sie duzt ihn. Soll er es ihr jetzt gleichtun?

Nein, das wäre unpassend.

Außerdem siezt Maria sie schließlich auch.

„Das ist eine tolle Idee, Frau Hansen! Ähm, Sie wollten ja gern, dass wir - dass ich vorbeikomme. Und schon bin ich hier! Wie kann ich Ihnen denn helfen?“

„Naja, es geht um meinen Jungen. Er hat sich schon ganz lange nicht mehr gemeldet! Und das passt so überhaupt nicht zu ihm!“

„Ihr Sohn Erik? Aber, hat er sie nicht erst kürzlich besucht? Frau Diaz hat da nämlich etwas anklingen lassen …“

„Ach ja, die Maria. Sie ist ja wirklich eine gute Seele und hilft mir, wo sie kann. Aber da täuscht sie sich doch gewaltig!“, antwortet Helene und dreht ihm den obersten Zettel zu, so dass er mitlesen kann.

„Ah okay, ich sehe schon. Am 28. Juli wollte Erik Sie also besuchen. Und ist dann aber doch nicht gekommen?“

Ihr Gesicht nimmt ernste Züge an:

„Ja, ganz genau! Und das ohne jede Absage! Herr Kommissar, so etwas hat er noch nie gemacht. Noch nie! Ich mache mir wirklich allergrößte Sorgen!“

„Verstehe. Und deswegen haben Sie den Eintrag natürlich auch wieder durchgestrichen!“

„Eben! Auch das versteht Maria nicht. Durchgestrichen heißt doch, dass er nicht da war. Aber sie behauptet noch immer stock und steif, dass er hier gewesen ist. Unglaublich, oder?“

„Ja, wirklich!“ Piet schaut aufgesetzt nachdenklich. „Aber, warum fragen wir sie nicht einfach nochmal selbst?“, schlägt er vor und wendet sich der Pflegerin zu.

„Frau Diaz, sind Sie sich denn wirklich sicher, dass der Sohn von Frau Hansen es war, der an diesem Tag hier gewesen ist?“

„Ja, doch, ich meine schon“, antwortet sie und lächelt Helene Hansen an. „Der 28. Juli war ein Samstag. Das ist heute auf den Tag genau vier Wochen her. Ich mag mich ja täuschen! Aber, liebe Frau Hansen, wer sollte Sie an dem Tag denn sonst besucht haben?“

„Genau“ meint Piet. „Vielleicht verwechselt Maria ihn ja auch. Was meinen Sie, könnte auch jemand anderes hier gewesen sein?“

„Jemand anderes …? Nein, nein! So viel Besuch kriege ich ja gar nicht mehr. Auch, weil so viele schon lange tot sind!“

Kopfschüttelnd schaut sie erneut auf ihren Zettel.

“Und notiert habe ich mir hier ja schließlich auch nichts!“

Etwas schneller wechselt sie jetzt zum nächsten, dann zum übernächsten Blatt.

„Er meldet sich ja auch nicht bei mir!“, murmelt sie und sucht - nun etwas hastiger.

Piet schaut sie von der Seite an.

Ihre Mimik: immer ernster, unruhiger wird ihr Blick.

Sie versucht offensichtlich gerade, sich krampfhaft zu erinnern.

Zweifelt sie gerade?

Verzweifelt sie gar?

Piet weiß, dass Alzheimer-Erkrankte sehr wohl um ihre Erkrankung wissen, dass klare Momente immer wieder vergehen - die darauffolgenden Schübe der Erinnerungslücken mit der Zeit immer länger, immer schlimmer werden.

Er versteht auch, dass exakt das schlimme Panik und Depressionen auslösen kann.

Doch bevor er erneut etwas sagen, sie irgendwie beschwichtigen kann, kommt ihm Maria zuvor.

„Da fällt mir gerade ein: Wissen Sie denn vielleicht noch, dass an dem Tag gleich zu Anfang ihre Lieblingskaffeetasse zu Bruch gegangen ist?“

Piets Blick geht spontan zu Birke: Lass mal, greif jetzt bloß nicht ein. Da kommt vielleicht noch etwas ...

Und - tatsächlich!

Helene stockt, hält inne.

„Etwa die … die mit dem Berliner Bären!?“ Ihre Augen werden größer.

Noch mehr Unruhe, jetzt wirklich in Stress übergehend?

Entgleitet das so vorsichtig begonnene Gespräch womöglich nun endgültig?

„Nein, oder warte mal!“, sagt sie, offensichtlich stark erregt. „Du meinst … aber der … das war doch nicht Erik!“

Ihre Augen werden feucht.

Sie quält sich!

Er muss abbrechen. Sofort!

„… habe ich … habe ich ihm dann nicht auch meinen Schlüssel mitgegeben?!“

Was war das jetzt, eine Frage oder eine Feststellung?

„Alles gut, Frau Hansen. Regen Sie sich bitte nicht auf. Ich glaube, ich hätte jetzt doch gern einen Kaffee.“

Keine Reaktion darauf.

Stattdessen wendet sie sich, stark aufgewühlt, an ihre Pflegerin: „Maria, du weißt ja, wo der Schlüssel immer liegt! Schau bitte sofort mal nach!“

Gleiche Zeit - Cuxhaven - Kapitän a. D. Schlichting

„Herz und Kreislauf sollten beständig trainiert werden! Regelmäßiger Sport, den aber nicht übertreiben“, das hatte man ihm damals schon erklärt.

Und Radfahren, das ist dann schließlich zu seinem Ding geworden. Bei Wind und Wetter und sogar auch im Winter.

Je trockener, desto lieber natürlich.

Von seinem Haus aus radelt er immer in Richtung des Deiches an der Kugelbake. Und von dort geht es entweder nach links, über Duhnen nach Sahlenburg, oder nach rechts - in Richtung der Stadt und den dahinterliegenden Häfen.

Ahoi, heute geht es mal wieder elbaufwärts, der Elbquelle entgegen.

Die Kugelbake hat er bereits hinter sich gelassen, wie auch fast schon die komplette Grimmershörn-Bucht.

Ein großer Vorteil ist, dass fast sämtliche Radwege so gut ausgebaut sind. *Achtern Diek*, also hinter dem Deich, wie auch davor - da, wo er gerade radelt, direkt am Wasser.

Das Einzige, was wieder stört: das gemeine Fußvolk.

Heute ist es wieder besonders schlimm. Ob Einheimische oder auch Kurgäste. Keine Rücksicht, ob paarweise oder in Rudeln, sie gehen gefühlt fast ausschließlich immer mittig und … selbstverständlich nebeneinander.

Und – keiner von ihnen hält dabei die Spur.

Für ihn riecht das fast schon nach Vorsatz!

Wie oft hat Manfred in den letzten 10 Minuten schon abbremsen, sie laut klingelnd aufscheuchen müssen?

Den Gedanken, dass es exakt umgedreht ist, dass er sich über die Biker aufregt, wenn er mal zu Fuß unterwegs ist – den verklemmt er sich.

Der Fährhafen.

Dort ist noch relativ viel Betrieb für einen Spätsommer: Autos mit auswärtigen Kennzeichen, es sind recht viele Menschen unterwegs.

Wann legt die *MS Helgoland* gleich noch mal ab? 10.30 Uhr?

Das Bierlokal *Sturmflut* liegt direkt am Hafen.

Er hat schon viel davon gehört, ist aber noch nie da gewesen. Das sollte man bei Gelegenheit mal nachholen!

Schlichting schaut wieder nach vorn.

Der Stellplatz für Wohnmobile auf der linken Seite ist ebenfalls noch recht voll.

Er passiert den Parkplatz vor dem Seglerhafen und erreicht schließlich die große Hundewiese.

Die soll seit vielen Jahren schon im Privatbesitz sein, wie er mal gehört hat. Gehört irgendeinem Spekulanten, der mal geplant hat, dort zu bauen … und dadurch natürlich den dahinterliegenden Häusern achtern Diek den Seeblick zuzustellen. Das hat dann aber wohl nicht geklappt – ziemlich blöd gelaufen.

Einige Menschen sind hier, um an diesem sonnigen Vormittag ihre Hunde auszuführen. Da, wie hieß das Ehepaar mit dem hellen Mischling noch gleich?

„Moin!“, ruft er laut.

Sie lachen und winken ihm zu.

Ein Stück weiter, in einiger Entfernung noch – ein weiterer Hund.

Viel kleiner als der eben, und auch dunkler ist er.

Doch – so ganz allein, kein Herrchen oder Frauchen in der Nähe?

Er spielt auch nicht, bleibt nicht stehen, um irgendwo zu schnüffeln. Einfach nur stur geradeaus scheint es für ihn zu gehen.

Fast so, als ob er irgendwohin will, ein bestimmtes Ziel hat, nur auf der Durchreise ist – ihm entgegen, also in Richtung Kugelbake und Döse.

50 Meter Entfernung vielleicht noch, und die Konturen werden immer klarer.

Und dann – dann hält Manfred kurz inne und seine Augen verengen sich.

Ungläubig streckt er seinen Kopf etwas nach vorne:

„Das … kann doch wohl nicht wahr sein!“

60 min später – Neustadt, Hafen – Der Hausmeister

Die Tür, an der

Frank Krause

Hausmeister

steht, öffnet sich.

„Ja? Was ist denn?“

Der Mann ist unfreundlich.

Genervt und misslaunig ziehen sich seine Augenbrauen zusammen. Gleich mehrere Flecken zieren sein dunkles

T-Shirt, und auch die Jeans hat offensichtlich schon länger keine Waschmaschine mehr gesehen …

„Moin Herr Krause! Sind Sie hier für die Hausanlage zuständig?"

Einfach mal hergefahren ist Piet, will sich einfach nur mal umsehen – er will wissen, wie ihre Wohnung liegt und ob sich vielleicht Nachbarn an irgendetwas erinnern können.

Inoffiziell - und ohne Schlüssel.

Denn der lag nicht mehr an der Stelle, an der er sonst immer gelegen haben soll.

Er sieht die alte Frau Hansen wieder vor sich.

Ihr Verhalten, diese Unsicherheit. Unruhe, dann immer mehr Verzweiflung.

Vielleicht zwanzig Minuten dauerte das Gespräch, wenn überhaupt, dann war es auch schon wieder vorbei.

Sie tut ihm leid.

Was für ein Horror - eine derartige Perspektive!

Irgendwann wird sie gar keine wachen Momente, keinerlei Erinnerungen mehr haben. Und schließlich nur noch da liegen, unfähig zu denken, zu sprechen, bis dass der Tod sie erlöst …

Ihm fallen die sich ständig wiederholenden Behauptungen ein, dass es nicht ihr Sohn war …

Helene blieb dabei, selbst, nachdem sie mit ihrer Berlin-Tasse konfrontiert worden war.

Wieso nur hatte sie ihren Sohn nicht erkannt?

Piet kann sich keinen Reim drauf machen.

Es dürfte kein Zweifel daran bestehen, dass es Erik war, der seine Mutter an jenem Tag besucht hatte. Denn die Pflegerin hatte nun wirklich keinen Grund, falsch auszusagen – zudem wird sie sich auch nicht geirrt haben!

Doch – der Gedanke, mehr ein Gefühl … es lässt ihn einfach nicht los: Irgendwie glaubt er auch der alten Frau ... irgendetwas steckt dahinter.

Mal schauen, vielleicht gibt es in ihrer früheren Wohnung Antworten.

Auch wenn er sich keine großen Chancen einräumt, etwas zu finden. Andererseits, wer weiß: Der Teufel sitzt im Detail!

Schon zu oft in seiner Karriere waren es Nebensächlichkeiten, denen er aus dem Bauch heraus nachgegangen war, und die ihn letztendlich dann in die richtige Richtung geführt hatten.

„Ja, schon! Aber ganz bestimmt nicht heute! Es ist Samstag! Komm nächste Woche wieder vorbei“, antwortet der Hausmeister noch misslauniger, im Begriff, die Haustür direkt wieder zu schließen.

Schnell – Piet stellt seinen Schuh davor und hält mit seinem Ellbogen dagegen.

„Mal langsam! Ich will Dich nicht lange aufhalten, ich brauche nur den Schlüssel! Du kannst dich ja gleich wieder hinlegen. Also, wo befindet sich die Wohnung von Helene Hansen?“

Vielleicht … funktioniert es ja so.

Es dem unfreundlichen Mann einfach gleichtun und ebenfalls ein genervtes, dabei aber auch ein sehr entschlossenes Gesicht aufgesetzt.

Einen halben Kopf kleiner ist Krause, schätzungsweise Anfang 50, dabei von recht normaler Statur.

Piet ist sich seiner physischen, auch optischen Überlegenheit natürlich bewusst.

Einen kurzen Moment schaut sein Gegenüber irritiert, um dann zu überlegen.

„Hansen? Ach so, - hat *er* Dich etwa geschickt?“

Piet überlegt nicht lange:

„Ja … was glaubst Du denn wohl? Ich hätte ansonsten jetzt sicher noch mit meiner Braut im Bett gelegen und wäre kaum hier bei Dir!“

Ruhig weiter improvisiert und ins Blaue gepokert!

Und tatsächlich … die Tür geht wieder auf.

Krause tritt sogar einen Schritt zur Seite, als Zeichen, ihn hereinlassen zu wollen.

Na also!

Und dann entscheidet er abermals spontan:

„Ne, lass mal gut sein! Mir läuft hier die Zeit weg. Zeig mir einfach wo die Wohnung ist und gib mir den Schlüssel. Ich bringe ihn dir dann wieder zurück!“

… 5 Minuten später – Die Wohnung

Was hatte die Pflegerin noch gleich gesagt, als sie Helenes Apartment wieder verlassen, und schließlich zu dritt vor dem Ausgang der Dana standen … über ihnen dieser enorm prunkvolle Kronleuchter, der sich, offenbar in der obersten Etage angebracht, an sämtlichen Etagen des Treppenhauses vorbei bis nach unten, ein Stück weit über ihren Köpfen, hangelte?

„So dicke hat sie es ja eigentlich nicht..."

Seit über einem Jahr lebe Helene Hansen nun schon in der Dana, habe sich aber trotzdem finanziell um absolut nichts Sorgen machen müssen.

Erik, wie auch ihre Schwiegertochter Lydia, hatten sich um alles gekümmert und jeden Monat die Kosten für ihre Unterbringung übernommen.

Und sogar die Wohnung, in der sie zuletzt fast 12 Jahre allein lebte, die habe ihr Sohn ihr gekauft.

Piet dreht den Schlüssel herum und öffnet die dunkelgrün lackierte Doppelflügel-Wohnungstür. Erstmal orientieren, überall kurz einen Blick hineinwerfen!

Es ist eine typische Altbauwohnung.

Kurz fühlt er sich an sein elterliches Zuhause in Hamburg St. Pauli erinnert: Ein Haus unter Denkmalschutz, Anfang der 1900er Jahre erbaut.

Hier sieht es ähnlich aus.

Platzverschwendung irgendwo - der überdimensional breite und lange Flur. Das Wohnzimmer hat einen Kachelofen und ist durch eine Schiebetür vom Esszimmer abgetrennt. Es gibt zwei weitere Zimmer, die Küche, schließlich das Bad - ein langer Schlauch.

Fast überall findet sich Stuck unter den Decken.

Soll er jetzt noch Birke anrufen, damit sie ihm bei der Durchsuchung unterstützen kann?

Nein, dann hätte sie auch gleich mitkommen können.

Sie liegt sicherlich noch immer an dem kleinen, zur Hotelanlage Arborea gehörenden Strand, soll ruhig ihr Wochenende und die Mittagssonne ein wenig genießen.

Außerdem … sieht die Wohnung hier doch ziemlich gerupft aus. Und damit übersichtlich.

Offensichtlich viele Möbel, die Helene Hansen mit rüber in die Dana genommen zu haben scheint ...

Piet fängt im Flur an.

Mit der rechten Hand öffnet er schnell nacheinander die Schubladen einer Kommode.

Ein alter Knips-Schirm, Halstücher und andere Gebrauchsgegenstände: es riecht recht muffig. Klar, alte Sachen, die Wohnung wurde in letzter Zeit sicher nur selten gelüftet.

An der Garderobe hängen noch zwei Mäntel, auf der Ablage darüber Damen-Hüte und einige Schals; alles Dinge, die sie nicht unbedingt braucht oder aber für die sie mittlerweile Ersatz hat.

„Nein, definitiv keine Hilfe von Birke! Das hier geht schnell. Vielleicht zwanzig Minuten! Besser, wenn ich noch etwas schneller bin“, überlegt er.

Denn letztendlich könnte es ja durchaus sein, dass dieser Krause just in diesem Moment auf die Idee kommt, denjenigen - wen auch immer - anrufen zu wollen.

Wahrscheinlich wäre das dann Erik selbst.

Und falls dem so sein sollte, dann wird Krause nicht wissen, dass der seit fast einer Woche nicht mehr lebt.

Das Handy von Erik, das hat man nicht gefunden. Es wird wahrscheinlich mitverbrannt sein. Trotzdem würde sich natürlich der Anrufbeantworter einschalten.

Andererseits, insofern Krause natürlich irgendjemand anders gemeint hat …

Vielleicht hätte Piet seine Geste, mit in seine Wohnung zu kommen, doch nicht gleich ausschlagen sollen? Um dann den Namen desjenigen zu hinterfragen, der …?

Wie auch immer, jetzt ist es zu spät.

So ist das eben mit den schnellen Entscheidungen. Aber so hat er zumindest den Vorteil, dass der Hausmeister ihm nicht draufgekommen ist - er nicht weiß, wer Piet ist.

Im Wohnzimmer scheinen gleich mehrere Möbel zu fehlen. Es gibt keine Sitzgarnitur mehr, keinen Schrank, keine Kommode. Lediglich ein Sekretär in Nussbaum steht noch an der Wand, davor ein passender Holzstuhl.

„Was also tun, wenn hier gleich jemand auftaucht und Ärger macht?“, denkt er.

Rausreden könnte er sich dann sicher nicht mehr. Dann einfach die Behördenkeule, seine Dienstmarke herausgeholt? Von richtigem Wert wäre die natürlich auch nicht, denn die gilt nur in Niedersachsen.

Sie ist nicht ganz ohne, diese Aktion hier …

Piet findet nichts Auffälliges im Sekretär und geht durch die Schiebetür weiter in das Esszimmer. Esstisch und mehrere Stühle sind noch hier. Zudem eine ältere Anrichte. Oben stehen Porzellanteller und -tassen, auch einige Gläser sind zu sehen. Darunter befinden sich mehrere Schubladen.

Die alle geprüft, richtet er sich aus der Hocke wieder auf.

Nichts mehr hier?

Nichts mehr hier!

Zurück geht es durch den Flur in die Küche. Die Einbauküche - im alten Landhausstil. Ein kleiner Tisch mit zwei Stühlen steht davor.

Nichts befindet sich mehr an den Wänden. Lediglich zwei leichte Schatten zeugen von Bildern, die dort einmal hingen.

An einer Seite neben dem Kühlschrank, der, vom Strom getrennt, offensteht, befindet sich lediglich ein Sicherungskasten.

Wie gehabt, er schaut auch hier überall kurz mal hinein.

Das hier scheint nichts zu bringen. Er wird es wohl tatsächlich als reine Routineuntersuchung abstempeln müssen.

Erneut geht es durch den Flur – in Richtung der verbleibenden Zimmer.

Aus dem Augenwinkel sieht er ein kleinformatiges, höher hängendes Ölgemälde. Eine gemalte Vase mit gelben Schnittblumen darauf. Sieht merkwürdig aus, das Bild in der Höhe … irgendwie einsam, nackt, weil ohne irgendein Möbel darunter.

Ein Stück weit von dem Bild, noch etwas höher - was ist das?

Ein weiterer …offensichtlich der alte Sicherungskasten?

Wie hießen diese alten Teile von früher, die zum Herausdrehen, noch gleich? Richtig, *Schmelzsicherungen*.

Ein leichter Widerstand und die Abdeckung springt auf.

Piet greift hinein, tastet den Boden ab.

Auch nichts.

Oder halt … doch, da liegt etwas!

... 30 min später – Neustadt, Hafen – Das Telefonat

„Du Idiot!"

So laut, dass Krause den Hörer kurz ein Stück weit von seinem Ohr weghält.

„Nun bleib mal locker. Ich habe eben gedacht, dass du ihn geschickt hättest!"

„Du bist einfach zu dämlich! Lediglich berichten solltest Du mir! Falls etwas passiert, jemand nach mir fragen sollte! Und dann lässt Du direkt einen Wildfremden hinein? Kein Name von dem, kein Nix? Wie sah der denn aus?"

„Also … größer als ich. Blond. Recht kräftig - und eine Boxernase hatte er!"

„Ach so. Und da hast Du Schiss bekommen und ihn deshalb in die Wohnung gelassen?"

„Quatsch. Ich habe echt gedacht, dass der von Dir kommt …"

„Oh Mann! Was hat er denn gesagt, wer ihn schickt? Hat er meinen Namen genannt?"

„Ähm, nein, nicht direkt …!", stottert der Hausmeister.

„Das ist ja zum Kotzen! War er denn allein da? Und womit? Zu Fuß, mit dem Schiff oder vielleicht einem Fahrrad?"

„Also nein. Ich bin dann extra noch raus, um nachzuschauen! Ehrlich jetzt! Da stand ein Wagen mit einem CUX-Kennzeichen, so wie bei Dir neulich auch."

„Welche Marke? Ein VW?"

„Nein, das war ein Opel. *Rekord*, glaube ich.

Erinnerst Du Dich an diese alten Teile? Das war ja vor unserer Zeit! Jedenfalls war es so ein 2-Türer, ein blaues Coupé.“

„Und im Anschluss an seine Besichtigung hat er Dir den Schlüssel wieder in die Hand gedrückt?“

„Ja, äh, nein. Auch das nicht. Sonst hätte ich ihn ja richtig abchecken können. Ich war nur kurz zum Kiosk. Genau in dieser Zeit … muss er ihn mir in den Briefkasten gesteckt haben!“

… etwas später … Strand am Arborea – Birke

Die beiden Liegen stehen nebeneinander am Strand des Hotels.

Der ist recht kurz, vielleicht 120 oder 150 Meter, dafür aber privat und nur für die Hotelgäste, wovon aber nicht viele zu sehen sind.

Birke richtet sich auf, dreht die Beine zur Seite, um sich aufzusetzen. Herrlich, einen der vielleicht letzten Sommertage zu genießen.

Sie hat zuvor keine Sonnencreme aufgetragen, schaut sich kurz ihre Arme an. Pellt sich die Haut etwa?

Dann blickt sie zu Piet herüber, der mit geschlossenen Augen vor ihr liegt.

Seine Arme und Gesicht sind recht braun, grenzen sich farblich jedoch deutlich von seinem Oberkörper oder auch den Beinen ab.

„Viel Strandleben hast Du dieses Jahr aber auch noch nicht abgekriegt, oder?“

Seine Augen bleiben geschlossen, als er grinst.

„Naja, das ändert sich ja bald: Mein Jahresurlaub steht ja erst Ende September an!“

„Ach ja, richtig – Fuerte mit deiner Alte-Männer-Box-Ehemaligen-Truppe?“

Erneut der Ansatz eines Grinsens.

Ansonsten sieht er recht entspannt aus. Endlich mal. Der Urlaub wird ihm guttun, denn den hat er ganz sicher nötig. Oftmals viel zu umtriebig, ist er einfach zu sehr mit seinem Job verheiratet.

Brust und Bauch gehen leicht auf und ab: sein Atem. Auf seiner muskulösen Brust sind kaum Haare zu erkennen. Ob er sich die wohl rasiert?

„Fuerte, nicht so schlecht. Zwar nur Steine und Ziegen da, dafür aber immer viel Sonne. Drei Wochen, in denen Du … auch vor mir Ruhe haben wirst!“

Er öffnet die Augen, dreht seinen Körper zur Seite, blinzelt und lächelt ihr dann zu:

„Das musst Du anders sehen. Natürlich werden es drei Wochen … ohne dich sein!“

Gleiche Sekunde - Piet

Hellblaue Augen, die sein Lächeln erwidern.

Kurz zuckt sie zusammen, als zwei laut schreiende Kinder direkt an ihrer Liege in Richtung Wasser laufen.

Der Unterschied zwischen Ost- und Nordsee eben.

In Cuxhaven kann es einem natürlich passieren, dass man stundenlang auf sein Badevergnügen warten muss. Dafür aber fallen hier ausgedehnte Wattwanderungen komplett aus …

Ungeschminkt ist sie, so wie immer.

Doch das hat sie auch nicht nötig. Oder genauer: Es passt einfach zu ihr! Natürlich, keck, ungezwungen …

Birke ist schon ein besonderer Typ.

Die beiden Liegestühle stehen ein Stück weit auseinander.

Vielleicht 10 Zentimeter – so etwas wie ein *Anstandsabstand*.

Ihre dunkelblonden Haare sind sehr kurz, kürzer noch als seine.

Es sei einfacher, damit umzugehen, hat sie mal gesagt: Mal eben schnell gewaschen, kein Föhnen, kein Stylen.

Der rote Bikini, den sie anhat, der ist recht knapp.

Er schaut genauer hin.

Es ist nicht so, dass er noch nie auf ihre Figur geachtet hätte.

Nur, seit gestern ist es anders.

Es … fühlt sich anders an!

Sportlich ist ihr Körper, schlank und fest.

Seit wann ist sie mittlerweile nun schon von ihrem ehemaligen Verlobten getrennt?

Über ein Jahr schon?

„Naah, und woran denken wir denn gerade wieder?“

„Ja, was glaubst du denn wohl?“, lacht er. „Nur ans Essen natürlich. Also … fast!“

„Nicht mehr an den Job und deinen kühnen Ausritt heute?“

„Daran? So gut wie gar nicht. Wobei … ich Dir gleich noch unbedingt das Album zeigen möchte, was ich entdeckt habe!“

… etwas später – Birke – „Das Album“

Es ist ein älteres Fotoalbum, obendrauf ein Lilafarbenes, geschwungenes Blumenmuster.

Ein kleines Format nur, geschätzte 20 x 15 cm. Als er es ihr rüberschiebt, scheinen die Farben im Licht zu schillern.

„Du kannst ja direkt mal selbst durchblättern“, schlägt er vor und greift nach seiner Tasse Espresso.

Sie sitzen nebeneinander, etwas erhöht im hinteren Hoteleingangsbereich. Die Treppe vor ihnen führt steil nach unten zu einer großen Fensterfront. Dahinter liegt eine große Gartenanlage. Mehrere kleine Nischen und Tische überall neben und unter ihnen, allesamt angeordnet in einer Art *Auditorium*. Ob hier wohl auch Veranstaltungen wie im alten Rom stattfinden? Der Autor unten, sein Publikum in den Reihen über ihm …

In dem Album sind ganz zu Anfang ein paar Hochzeitsfotos zu sehen: Eine junge Helene und wohl ihr verstorbener Ehemann. Handschriftlich daneben steht eingetragen: 1975.

Birke schaut zu Piet.

„Aha, und was soll das jetzt?" - soll ihr Blick bedeuten.

„Ja nun, du bist ja gleich durch."

Sie blättert etwas schneller.

1976: Fotos der beiden von einem Urlaub auf Mallorca.

1978: Wohl eine besondere Feier mit Freunden.

1979, 1980, 1981: zwei Porträtfotos, ein Winterurlaub, zweimal in der Sonne an irgendeinem Strand.

1983: Das Bild eines kleinen, blonden Kindes, vielleicht zwei oder zweieinhalb Jahre alt.

Es hat längere Haare: Ist das ein Junge?

Tatsächlich. Denn unter dem Foto steht handschriftlich:

Erik – unser Sonnenschein ist endlich da!

Fragend schaut sie erneut auf: „Ähm, ja gut …"

„Nichts Ungewöhnliches", meint er. „Das habe ich an der Stelle auch noch gedacht. Wobei der Sonnenschein, der da willkommen geheißen wird, auf dem Foto schon ein Kleinkind ist."

Und nach einer kurzen Pause: „Verstehst Du? Keine Bilder von ihm als Säugling, die ersten Jahre … etwa in einem Laufstall, die ersten Schritte, oder auch in vollen Windeln, …!"

Sie nickt kurz grinsend.

„Ja, na gut. Aber das Album ist schließlich klein und zeigt lediglich ein paar Lebenssituationen. - Kommt denn da nichts mehr?"

„Doch. Blätter bis zum Ende durch und schau selbst nach!"

Etwas neugieriger schlägt sie direkt die letzte Seite auf. Und nimmt die Papiere, die akkurat zusammengefaltet in einer Klarsichtfolie liegen, heraus, um sie vor sich auf den Tisch zu legen.

Direkt zu erkennen ist die Überschrift.

Papeles de Adopción.

Sie faltet das Schriftstück auseinander – als plötzlich ein weiteres Foto herausfällt.

... gleiche Zeit - irgendwo im Cuxland - Fiete

So geht das nicht mehr weiter!

Wie sagte seine Mutter immer zu Menschen, die gerne und oft maßlos angeben?

Zampanos!

Mit seiner Angeberei allein hätte Fiete ja leben können.

So wie ganz am Anfang, vor ein paar Wochen noch.

Er schaut zu Martin herüber.

Der sitzt da, in *ihrem* alten Lieblingssessel, die Füße auf den Wohnzimmertisch gelegt und zappt sich durch die Fernsehprogramme.

„Nimm sie sofort runter, sowas gibt es bei uns nicht!“, sagte sie, als er sich das mal aus Übermut getraut hatte.

Lange ist es her, 18 oder 19 Jahre alt war er damals. Dennoch kann er sich noch genau an ihren ermahnenden Gesichtsausdruck erinnern. Der nämlich hinterließ bei ihm einen derart nachhaltigen Eindruck, dass er diese Regel auch weiterhin befolgte ... bis zum heutigen Tag!

„Ich muss nochmal ins Lager“, sagt Martin plötzlich mit ernstem Blick und gerunzelter Stirn.

Seit diesem Telefonat vor gut einer Stunde hat er wieder eine seiner Launen.

Frank, das war der Name, den er gleich zu Beginn des Gespräches gehört hatte. Doch dann wies Martin nur mit dem Kopf in Richtung Tür. Er kannte es bereits: Raus, bedeutete es, das geht dich nichts an - und mach die Tür von außen zu!

„Welches Lager?“

„Wie viel davon kennst du denn?“

Seine Reaktion - ganz klar, er ist genervt.

Irgendetwas muss dieser Frank ihm gesagt haben, was ihm ganz erheblich missfiel.

Doch jetzt bloß keinen weiteren Stress! Einfach weiter alles tun, was er noch verlangt – so wie zuletzt auch. Weiterhin den Fahrer mimen und ihn chauffieren. Das ist schließlich noch ein einfacher Job.

Ganz im Gegensatz zu dem, was er sonst noch alles für ihn tun musste: Dinge, die an Fiete nagen, schlimme Dinge, die er am liebsten sofort wieder vergessen würde!

Aber letztendlich wird Martin ihn dafür ja noch belohnen - und zwar spätestens dann, wenn er hier wieder verschwindet.

Natürlich weiß Fiete, welches Lager er meint.

Denn er kennt wirklich nur das eine – das im

Alten Fischereihafen.

... gleiche Zeit - Arborea – Piet

Beides liegt vor ihr auf dem Restauranttisch: Die Dokumente wie auch das Foto.

Darauf zu sehen sind zwei Säuglinge, die höchstens ein paar Monate alt sind.

Sie schaut hoch und zuckt mit den Schultern.

„Ja und? Gehört das überhaupt hier rein?“

„Ich nehme es doch mal schwer an. Denn immerhin war es drin … versteckt in den Papieren. Und die Papiere selbst in einem Album, das wiederum versteckt in einem alten Sicherungskasten lag!“

„*Adopción*? Das klingt irgendwie spanisch! Also … Adoption?“

„Genau. Das sind offensichtlich Adoptionspapiere. Aus den 1980er Jahren. So, wie es aussieht, war Erik nicht das leibeigene Kind von Helene Hansen!“

„Ja“, sagt sie und schaut wieder herunter. „Hier steht auch ein Name. *Enrique Sosa Martínez*. Geboren am 7. Dezember 1981 in ... irgendwas mit *Concepción*. - Hey, ich glaube, dass ich das sogar kenne. Eine Stadt. Wenn die im Süden von Spanien liegt - kurz vor Gibraltar?“

„Ähm, nein. Ein kleines Stück weiter nur. Etwa zehntausend Kilometer“, grient er. „Gemeint ist Concepción in Chile! Das muss da auch irgendwo stehen.“

„Echt jetzt? In Chile? Und vor rund 40 Jahren? Gab es zu der Zeit da nicht mal eine Militärdiktatur … wie hieß dieser Typ noch gleich?“

Erneut sieht sie ihn fragend an.

Im Gegensatz zu draußen am Strand eben noch … der Abstand zwischen den Liegen: Schon sehr dicht, wie sie jetzt neben ihm sitzt.

Derart nah, dass sich ihre Arme in der letzten Viertelstunde unweigerlich immer wieder berühren mussten!

Er hat dann immer automatisch versucht, etwas abzurücken.

Und wohl auch sie - allein schon, um an ihr Glas *Aperol Spritz* zu kommen.

Jetzt spürt er sie wieder, ihre weiche, warme Haut.

Etwas fester sogar der Druck, deshalb noch intensiver.

Ein Zufall?

Sie schaut …

Nein, das ist kein Zufall!

„Ach so, ja, ähm - Du hast natürlich recht. Da gab es mal einen Pinochet …!"

Und dann greift er in seine Hemdtasche und zieht sein iPhone heraus.

… gleicher Augenblick – „Der Kuss" - Birke

Warum gerade jetzt?

Eine solche Gelegenheit!

Muss er das ausgerechnet hier und jetzt mit ihr besprechen?

Kann er sie stattdessen nicht besser … in den Arm nehmen, sie vielleicht sogar …?

Das Foto und die Papiere – jetzt legt er auch noch sein Handy dazu!

Sie nimmt es in die Hand.

„Kinder, Adoption und Pinochet“, das sind die Suchbegriffe, die Piet in die Suchleiste auf Google zuvor eingegeben hat.

Sie hat ein identisches Telefon, kennt sich damit aus und scrollt direkt herunter.

Mehrere Ergebnisse sind zu sehen. Schlagzeilen wie

Illegale Adoptionen, die von der Diktatur geraubten Kinder

oder auch

Chiles gestohlene Kinder

sind zu erkennen.

„Soll ich mir das jetzt wirklich anschauen … jetzt?“

Erneut ihr Blick, lächelnd, fragend, aufmunternd.

Noch hast du deine Chance! Wer weiß, wann die wiederkommt …

Kurz stockt er, doch dann: „Jo, klar – mach mal nur.“

Sturer Sack!

Mit dem Zeigefinger der rechten Hand tippt sie auf den Link eines ihr bekannten Mediums:

Der Deutschlandfunk.

Sie lebten in Kinderheimen oder sind ihren Müttern

direkt nach der Geburt weggenommen worden.

Und weiter heißt es dort:

20.000 chilenische Kinder wurden in den 1970er- und 80er-Jahren nach Europa adoptiert, größtenteils illegal.

„Ach so. Und Du meinst, dass Erik von dort kommen könnte? Ich meine, er war schließlich blond!“, zweifelt sie.

„Nene, das tut dem Ganzen keinen Abbruch. Ich habe weiter nachgeschaut: In Chile sollen zumeist Latinos, aber auch ziemlich viel Hellhäutige, eben auch Blondhaarige leben.“

„Na gut, dann war er eben adoptiert. Ist das denn wirklich wichtig für den Fall?“

Sie legt das Handy wieder hin.

Und sucht seinen Blick.

Kannst du nicht endlich mal den Job - Job sein lassen?

Du bist doch sonst immer so selbstbewusst!

Seine Augen …

Komm schon, mehr Aufforderung geht nun wirklich nicht!

Willst du nun, oder willst du nicht??

Und dann, doch, endlich … neigt sich ohne ein weiteres Wort langsam sein Kopf ihr zu …

… gleicher Augenblick – „Hingabe“ - Piet

Absolut keine Zweifel mehr!

Es ist richtig, es soll und muss jetzt so sein!

Anfangs noch zärtlich und behutsam. Neugierig. Mal schauen, wie es sich anfühlt, wie sie schmeckt.

Es wird direkt ein sehr, sehr langer Kuss!

Animierend, schließlich auch stimulierend!

Seine Hand in ihren Haaren, dann langsam ihren Rücken heruntergleitend.

Birke lässt es zu, drückt ihm ihren Körper noch mehr entgegen.

Kaum ein Gedanke an die Hotelgäste drumherum. Sollen die doch denken, was sie wollen!

Immer intensiver der Kuss, auch sie wird langsam fordernder.

Weiß der Kellner, dass die Getränke auf seine Hotelrechnung gehen sollen? Egal, nur schnell jetzt … nach oben!

Der Fahrstuhl, er ist auf einmal voller Menschen. Alle stehen recht dicht gedrängt.

Irgendjemand sagt irgendwas von erlaubtem Maximalgewicht, einige lachen.

Er nimmt es kaum zur Kenntnis.

Wie auch Birke, die schweigend vor ihm steht, ihm durch die Drängelei schließlich den Rücken zugewandt.

Und die jetzt noch ein Stück weiter zurücktritt.

Deutlich kann er den Druck ihres Hinterns spüren.

Klein, rund und trotzdem so weiblich!

Seine beginnende Erregung … sie drückt dagegen.

Hoch in die 4. Etage müssen sie.

Zwei Hotelzimmer dort, direkt nebeneinander.

Rein … in ihr Zimmer.

Mit großen Augen steht sie jetzt vor ihm.

Keine Zeit mehr für irgendetwas anderes.
Ein schnelles, ein gegenseitiges Ausziehen.
Noch schneller, schwer atmend.
Beide lachen kurz – über ihre Ungeduld.

Und dann …

Kapitel VIII. Montag. Die Attacke!

Montagmorgen – Piets Büroraum - Knut

Sie sitzen gemeinsam in Piets Büro.

Knut muss gähnen, das heute schon zum wiederholten Mal. Denn seine Nacht war nicht gut, weil viel zu kurz: Lange lag er wach, konnte erst sehr spät einschlafen.

Er hatte mal wieder Schmerzen in den Beinen – dort, wo eigentlich kein Gefühl mehr sein kann ...

Sein Blick schweift nach links in Richtung des Fensters. Heute ist es wieder dunkler. Aber, so wie es aussieht, macht der Regen im Augenblick wohl eine Pause.

„Und da seid ihr einfach mal eben über das Wochenende nach Holstein gefahren?“, schmunzelt Peter Schneider und schaut abwechselnd zu Birke, dann zu Piet herüber, der an seinem Schreibtisch sitzt.

„Und seid dann auch noch vor Langeweile auf die Idee gekommen, dort mal eben auch ein wenig ermitteln zu können?“

Birke dreht den Kopf und schaut zu Piet herüber.

Ihr Blick … irgendwie verstohlen, verlegen?

Und dann dieser Ausdruck in ihren Augen!

Definitiv, da wird etwas gewesen sein!

Auch, weil sie heute so ganz anders aussieht, wirkt, eine völlig andere Ausstrahlung hat.

Irgendwie entspannter – glücklicher?

So … wie wenn sie verliebt wäre.

Und Peter witzelt, scheint sich darüber auch noch zu freuen. Knut hat da eher gemischte Gefühle.

Ausgerechnet seine Kollegin, mit der er sich schon seit so vielen Jahren das Büro teilt, mit der er immer so rücksichtsvoll und freundlich umgegangen ist.

Kurz das Gefühl von Neid … vielleicht auch ein wenig Eifersucht?

Er guckt wieder nach vorn. Notizblock und Bleistift liegen vor ihm, daneben das kleine Familienalbum, das die beiden mitgebracht haben.

Adoptiert soll Erik also sein.

Knut soll nachher erstmal veranlassen, dass die Urkunde vernünftig übersetzt wird. Und dann wird er das Protokoll um die neu gewonnenen Erkenntnisse weiter vervollständigen.

Dieses Foto mit den beiden Säuglingen: Wo und wie soll er das einordnen?

Nein - neu ja, aber wirklich wichtig ist das alles wohl eher nicht. Und zielführend? Na ja!

„Piet mal wieder! Nicht wirklich Greifbares, höchstens ein Puzzleteil von … irgendetwas!“, denkt er.

Diese Aktion, das Wochenende über, in die er auch noch Birke mit hineingezogen hat …

Dass er mit so etwas bei Peter Schneider aber auch immer durchkommt!

„Wie kommen wir denn jetzt mit diesem Hausmeister weiter?“, fragt der Dezernatsleiter.

„Na, das Übliche“, antwortet Piet. „Erstmal müssen sämtliche Telefonate überprüft werden, die Erik zuletzt vorgenommen hat. Und wenn dann die Nummer von Krause mit dabei sein sollte …“

Knut nickt und schreibt genervt eine weitere Notiz.

„Tja, dann heißt das ja wohl, auch weiter im Umfeld von Erik zu suchen? Unsere erste Verdachtsperson bleibt aber doch diese Emma Pfitz?“

„Das wollte ich gerade auch mal anmerken“, platzt es aus ihm heraus. „Sie hat schließlich beides: Gelogen hat sie, kein Alibi … und auch ein klares Motiv!“

„Ja natürlich, Knut. Du kümmerst dich gleich als erstes darum?“ meint Peter, sich dabei nochmals die Fotos der Überwachungskamera anschauend. „Und versuchst direkt auch herauszubekommen, wer der große Unbekannte hier ist?“

„Ja. Wir können dann auch gleich die Kollegen in Bremerhaven informieren. Die könnten heute Abend mal durch diesen Club gehen. Vielleicht kann sich jemand an den Mann erinnern.“

„Gut. Und ihr beide - wollt gleich raus? In dieses Nebenlager der Hansen Bau? Und dann auch zu dem Zeugen, dem Nachbarn … der am Wochenende den Hund der Hansens aufgesammelt hat?“

Etwas später – Hof der Polizei – Piet

Es regnet wieder, auf einmal sogar ziemlich stark.

Birke, die etwas vor ihm geht, dreht sich direkt wieder um.

„Nur ein Schauer. Warten wir kurz?“, sagt sie, jetzt ihm im Weg stehend, ihn dann mit beiden Händen wieder in den Eingang des Polizeihofes drängend.

Sein Bedürfnis ist stark, sie direkt wieder in den Arm zu nehmen.

Wann hat er sie das letzte Mal geküsst? Gestern Abend, nachdem er sie wieder nach Hause gefahren hatte …

Doch nein, nicht hier, nicht direkt vor der Behörde.

Die Tür hinter ihnen geht auf einmal auf und zwei uniformierte Kollegen laufen an ihnen vorbei: Sicher irgendwo ein dringender Einsatz.

„Du weißt schon, dass ich höchstens eine Sprintstrecke von hier entfernt wohne?“, sagt er und lächelt sie an.

Natürlich weiß sie das.

„Du meinst … auf einen schnellen Kaffee?“

„Den … könnten wir dann auch trinken!“

„Um dann … um heute überhaupt nichts mehr auf die Reihe zu bekommen?“, lacht sie.

Laut ist das Martinshorn zu hören. Und im gleichen Moment geben die beiden Kollegen von eben mächtig Gas und fahren mit aufheulendem Motor vom Hof.

„Keiner mehr da. Jetzt zumindest ein … schneller Kuss?“, fragt sie.

„Ein Kuss? Warum denn das? Ich dachte … wir wollten es einfach bei dem Wochenend-Sex bewenden lassen?

Tschüss, war schön mit dir, oder so …“, grinst er provokativ.

„Aber ja, unbedingt!“, springt sie lachend drauf an. „Doch die Idee mit deinem Zuhause finde ich trotzdem irgendwie … charmant!“

Der folgende Kuss, kurz nur, wie zwei Teenager, die Angst haben, erwischt zu werden.

Birke strahlt ihn trotzdem an.

Und schlägt nach einer kurzen Überlegung vor:

„Aber - warum teilen wir die Jobs gleich nicht einfach auf? Du könntest Dich auch allein um diesen Schlichting und seinen Findling kümmern, und ich fahre direkt schon mal in das Lager. Und sobald Du fertig bist, kommst Du einfach drauf zu. - Oder aber, falls wir beide schnell genug sein sollten, treffen wir uns direkt - Du weißt schon, der Kaffee und so …!“

... 15 min. später – „Alter Fischereihafen" - Birke

Sie quert eine der beiden Hafenschleusen und biegt dann rechts ab.

Den Amerikahafen auf der linken Seite, fordert das Navi sie nach einem guten Kilometer schließlich auf, erneut rechts abzubiegen: Es ist ein langgezogener Kai an einem recht großen Hafenbecken.

Birke fährt direkt neben einem vertäuten, rostigen Heckfänger vorbei, kurz danach an einem kleineren Seebäderschiff: auch das scheint die besten Jahre hinter sich zu haben.

Links von ihr wechseln sich Lager und unbebaute Flächen ab. Drüben, auf der anderen Seite des Hafenbeckens, sieht es recht ähnlich aus.

Sie ist nicht richtig bei der Sache, muss ständig an ihn denken.

Dass Piet ähnlich fühlt, dass die beiden wirklich mal zusammenkommen würden - nie und nimmer hätte sie das gedacht!

Allein der Gedanke erschien ihr noch vor wenigen Tagen so völlig abwegig.

Immer nur gute Kollegen sind sie gewesen, auch miteinander befreundet, ja - aber mehr?

„Tausend Mal berührt, tausend Mal ist nichts passiert …"
– hat es da nicht irgendwann mal ein Lied gegeben?"

Eine Hausnummer ist an einer Wand zu sehen: die 8. Die Nummer 12 muss es sein. Ein kleines Stückchen weiter also noch.

Ob dieser Müller von der Hansen-Bau wohl schon da ist?

Eben noch, auf dem Polizeihof, da hat Piet den Assistenten von Erik Hansen telefonisch über die polizeiliche Maßnahme informiert.

Schließlich wussten sie nicht, ob überhaupt jemand da ist, die Türen des Lagers vielleicht verschlossen sind. Sie hätte den Schlüssel ja auch aus der Industriestraße abholen können. Aber nun gut, der Mann ist eben dazu entschlossen. selbst vorbeizukommen. Ein weiterer Vorteil dann sicher, dass er direkt Auskünfte geben kann.

Eine weitere Freifläche ist zu sehen, darauf wohl so etwas wie eine Schrottverwertung. Zwei Arbeiter machen sich gerade am Motor eines Baggers mit der Aufschrift *Sennebogen* zu schaffen.

„Schon ziemlich blöd. Wochenbeginn, und gleich morgens schon versagt die Technik“, denkt sie.

Ein Stück weiter: An dem Haus ist keine Nummer zu erkennen. Dafür aber … auf einem kleinen Schild das gleiche Logo wie bei der Hauptfirma: *HBG,* darunter *Hansen Bau GmbH.*

Sie stoppt und sieht sich um. Nichts, kein Auto, und auch Müller ist nicht zu sehen.

Doch das wird wohl nicht mehr lange dauern.

Es ist sicher besser, wenn sie noch ein Stückchen weiterfährt. Auch, um nicht direkt vor der Einfahrt zu stehen - für den Fall, dass etwas abgeholt oder auch geliefert werden sollte.

Geschätzte 50 Meter ist das Gebäude lang, es verfügt an der Front aber nur über drei kleine Fenster – ein typisches Lagergebäude eben.

Hinter dem Haus ist erneut eine offene Fläche zu erkennen.

Immer hat sie auch einen Blick auf das sicherlich sehr tiefe Hafenbecken rechts neben der schmalen Kai-Straße – so ganz geheuer ist ihr das nämlich nicht.

Ein kurzes Stück nur noch, direkt hinter dem Lagergebäude, dort will sie gleich irgendwo links rein, um zu wenden.

Dann sieht sie ihn - denkt sich aber im ersten Moment nichts dabei.

Es ist das Heck eines älteren VW-Busses, der recht dicht an der Außenwand des Lagers abgestellt ist. Die vielen Roststellen an der unteren Kante der Heckklappe fallen ihr auf.

„Falsch abgestellt. Der Schrottplatz ist weiter vorne!“, denkt sie noch.

Doch dann: Dieses verdunkelte Heckfenster, und auch die Farbe … es passt: Der Bus kam ihr letzte Woche schon so merkwürdig vor!

Und so stellt sie kurzentschlossen den Motor ab, um das nachzuholen, was sie am Tag der Beerdigung nicht mehr geschafft hatte: die Zentrale anzurufen, um kurz mal das Kennzeichen überprüfen zu lassen ...

Gleiche Zeit – Wenn Hunde reden könnten - Piet

Von drinnen ist ein Hundebellen zu hören. Hoch und laut und derart schnell, dass es sich fast überschlägt.

Bibi fällt ihm ein.

Das kleine Pudelmädchen, das Piet als kleiner Junge einmal besaß.

Quirlig, immer in Bewegung – freundlich, verspielt, dabei aber auch superintelligent.

Und dann, urplötzlich, er war gerade mal 9 Jahre alt, da erlitt sie einen Schlaganfall.

Einfach so, wie aus heiterem Himmel!

Am gleichen Tag dann folgte schon die Spritze, und Bibi … war plötzlich nicht mehr.

Für Piet war es das erste Mal in seinem Leben gewesen, dass er sich mit dem Tod auseinandersetzen musste: Derart schlimm, dass er mehrere Tage nicht zur Schule gehen konnte.

Die Haustür vor ihm geht aus.

Und sofort erkennt er das Gesicht des Zeugen Schlichting - der, mit dem er morgens nach der Brandnacht gesprochen hatte.

Kein Morgenmantel, heute ist er ganz normal gekleidet.

Und im nächsten Moment geht sein Blick auch schon nach unten. Der kleine Rauhaardackel sieht zu ihm hoch, bellt noch einmal, nimmt sogleich aber keine Notiz mehr von ihm, sondern läuft direkt an ihm vorbei.

„Schnell! Haben Sie die Pforte wieder zugemacht? Ole will immer rüber!“

Piet dreht sich sofort um: Doch, ja, die Gartentür

ist dicht.

Unruhig ist der kleine Kerl, der jetzt am Zaun entlangläuft. Das anvisierte Ziel ist völlig klar: Die Hausruine vis-à-vis! Dorthin, wo er einmal zu Hause war …

Wie lange brauchen Hunde, bis sie verstehen, dass Frauchen und Herrchen nicht mehr da sind, dass sie auf einmal allein sind? Wie lange hält ihre Trauer vor?

Ole bellt wieder.

„Moment, der macht mir ja die ganze Nachbarschaft verrückt. Ich fange ihn gleich mal wieder ein!“, sagt Manfred Schlichting und geht schnellen Schrittes an ihm vorbei.

Das Lager – gleiche Zeit – „Das Böse“

Er kennt das Büro bereits.

Wobei es eher ein Aufenthaltsraum für Arbeiter ist, nur eben mit einem Schreibtisch darin. Keine richtig gemauerten Innenwände, sondern vielmehr ein nachträglich verbauter Raum: Ein *modulares Hallenbüro*, dessen Wände aus einer Art Kunststoff-Paneelen bestehen.

Krause … der fällt ihm wieder ein.

Martin war schon vor zwei Tagen sofort klar, wer sich da Zutritt zu der Wohnung der alten Hansen verschafft hatte: Schon erstaunlich, wie hartnäckig dieser Stöver ist!

Könnte der ihm zur Gefahr werden?

Auf alle Fälle muss er auf der Hut sein und hier noch etwas nachbessern, um in aller Kürze dann einen geordneten … aber auch abgesicherten Rückzug antreten zu können!

Abermals sprüht Martin etwas von dem scharfen Desinfektionsmittel auf die Arbeitsfläche des grauen Metallschreibtisches vor ihm, um es im Anschluss mit einem der mitgebachten Fensterputztücher abzuwischen.

Diese Stelle, die ist ihm besonders wichtig … - Wie lange lassen sich Blutspuren auf glatten Flächen eigentlich nachweisen?

Doch nein, das sollte jetzt reichen!

Sein Blick schweift durch den Raum. Was könnte Fiete hier sonst noch alles angefasst haben?

Mit dem in der Ecke stehenden Spint wie auch dem flachen Tisch und den drum herumstehenden sechs Stühlen ist er bereits fertig.

Die Bullen werden mit einiger Wahrscheinlichkeit schon hier gewesen sein. Doch aber, - wie groß ist dann die Wahrscheinlichkeit, dass sie direkt auch Fingerabdrücke genommen haben? In einem Lager, in dem zig Menschen verkehren, alle alles angefasst haben: Angestellte der Hansen Bau, dazu sicher Fahrer, die Ware angeliefert oder abgeholt haben, auch der eine oder andere Kunde. Aber eben auch … Fiete!

Wo steckt der überhaupt?

Ein Blick durch das Lager-Innenfenster.

Da, da steht er, zwischen gestapelten Steinplatten, in der rechten Hand ebenfalls eines der Fensterputztücher.

Ist der damals überhaupt an der Stelle gewesen? Will der Idiot hier jetzt etwa das ganze Lager putzen?

All das gründlich abwischen, was er angefasst hatte - ja, das hat er ihm so aufgetragen. Aber natürlich nicht übertreiben, nicht zu viel Zeit verschwenden!

Schließlich ist es nicht ungefährlich, hier wie auf einem Präsentierteller zu sitzen. Jederzeit könnte jemand hereinkommen. Und dann?

So besehen: Nicht gerade klug von ihm, ausgerechnet an diesem frühen Montagvormittag hierhergekommen zu sein ...

Doch es ist wie immer: die Gefahr, sein Gefühl, das Spiel mit dem Feuer …

Nein, langsam ist es auch gut.

Es wird Zeit, aus dem Lager hier zu verschwinden.

Aus Cuxhaven.

Aus der Gegend.

Weg dann … am besten ganz aus Deutschland!

... gleicher Moment ... Birke

„Gestohlen?“ Sie stutzt. „Wirklich? Wann und wo?“

„Vermutlich in der Nacht vom 8. auf den 9. August. Hier steht: Abgeschraubt von einem PKW der Marke Mercedes - vor einem Einfamilienhaus in Beverstedt!“, erklärt ihr der Kollege am anderen Ende.

„Ähm … Beverstedt? Wo ist das noch gleich?“

„Äh, ganz im Süden unserer Inspektion. Südöstlich von Bremerhaven. Brauchst Du die genauen Adressdaten?“

„Ach nein, lass mal. Das reicht mir erstmal. Danke!“

Birke legt auf.

Der Dieselmotor eines Krabbenkutters, der gerade in dem Hafenbecken vor ihr vorbeifährt, ist zu hören. Eine kleine Schar kreischender Möwen folgt ihm. - Reste des Beifangs, dessen man sich erst jetzt entledigt?

Sie dreht sich um, hat jetzt wieder den alten VW-Bus vor Augen. Was nun?

Erneut schaut sie nach rechts und nach links: Nach wie vor ist niemand zu sehen.

Wo bleibt denn bloß dieser Müller?

Oder - ob der vielleicht mit dem VW-Bus …

Und jetzt schon im Lager ist?

Recht unwahrscheinlich – aber wie sagt Piet immer: Sag niemals nie!

Die Geräusche des Kutters werden abrupt leise. Fährt der jetzt im Leerlauf? Vermutlich lässt der Kapitän ihn jetzt treiben, um so die Geschwindigkeit zu verringern und weiter hinten irgendwo anzulegen.

Ob sie jetzt direkt Verstärkung rufen soll?

Nein, denn eine direkte Gefahr vermag sie nicht zu erkennen.

Und der Hickhack dann würde nur unnötig Zeit kosten. Zeit - in der sie mit Piet …

Aber den will sie zumindest eben kurz informieren.

Könnte es sein, dass er jetzt schon auf dem Weg hierher ist? Das Handy noch immer in der Hand, hält sie es jetzt hoch, schaut sie aufs Display, wählt. Und geht derweil weiter in Richtung des Lager-Rolltores.

Ein Freizeichen ist zu hören.

Noch einmal, dann ein drittes Mal. Und dann: Nur seine Sprachbox!

„Du, ruf mich mal eben gleich zurück!“, spricht sie auf den Anrufbeantworter. „Ich bin jetzt vor dem Lager. Daneben steht ein VW-Bus, der mir schon letzte Woche auf dem Parkplatz vor dem Friedhof in Brockeswalde aufgefallen ist. Ich habe das Kennzeichen eben gerade geprüft: Die Schilder sind als gestohlen gemeldet!“

Mit der linken Hand greift sie nach der Klinke der im Tor eingebauten Tür, und drückt sie herunter.

„Oh, … ich sehe gerade, die Tür hier ist offen! Dann ist dieser Müller wohl doch schon da.“

Und nach einer kurzen Pause: „Ich gehe da jetzt rein und kläre das weiter ab! Bis nachher! … Kuss!“

… gleiche Zeit – Martin

Ungefähr eine Woche ist es her, dass das Haus in Döse abgebrannt ist.

Deshalb wird die Hansen Bau sicherlich so langsam wieder in eine Art Alltag übergegangen sein.

Wer die Geschäfte aktuell wohl managt, irgendein Testamentsvollstrecker vielleicht? - Wenn so einer natürlich hier gleich vor ihm stehen würde …

Ein prüfender Griff unter die dünne, schwarze Sommer-Blouson, die er sich extra übergezogen hat, um den Pistolen-Halfter darunter zu verstecken.

Darin steckend: die Glock.

Dick und recht massiv ist sie, aber eben auch leicht, weil hälftig aus Kunststoff bestehend.

Für alle Fälle - wie auch das Messer, das er zusätzlich bei sich trägt.

Erneut ein Blick durch das Fenster in den Lagerinnenraum. Wo steckt Fiete denn jetzt schon wieder?

Da … hinter ihm sind Schritte zu hören.

Das wird er sein. Gut – dann wird gleich direkt der Abflug gemacht!

Doch … Martin will sich gerade umdrehen, als er plötzlich hinter sich … eine weibliche Stimme hört!?

„Moin! Sie … Sie sind doch nicht … wer sind Sie?"

Freundlich klingt sie, aber mit einem klar misstrauischen Unterton.

Martin verharrt in der Bewegung.

Automatisch, aber langsam geht seine rechte Hand erneut hoch … wieder in Richtung der Waffe!

„Hey! Was machen Sie da?", jetzt in scharfem Ton. „Das lassen wir mal schön! Polizei! Sie nehmen die Hände hoch, aber sofort!"

Mist – tatsächlich ein Bulle!

Sein Griff, seine Armbewegung eben – es war wohl doch zu offensichtlich … sie muss irgendwie seine Absicht erkannt haben.

Im gleichen Moment ist ein mechanisches Klicken zu hören. Martin kennt es natürlich: das Geräusch der Entsicherung einer Waffe.

„So, und jetzt umdrehen! Langsam, die Hände weiter oben, so dass ich sie sehen kann!"

„Moment, gute Frau! Ich arbeite hier nur! Was wollen Sie von mir?“, seine Stimme so, dass es irgendwie ängstlich klingt, dreht sich Martin weiter um …

… gleicher Moment - Fiete

Auf leisen Sohlen gehen …

Ja, das kann er, das konnte Fiete schon früher. Damals, noch als Jugendlicher, als er sich ab und zu zurückschleichen musste.

Nach einem Scheunenfest irgendwo in der Nachbarschaft oder auch mal einem Schützenfestbesuch zusammen mit seinen Kumpels …

Leise sein, trotz der tückischen, der verräterischen Holzdielen zu Hause – so leise, dass Mutter nicht wach wurde, seine viel zu späte Rückkehr nachts nicht bemerken konnte.

In der gleichen Sekunde, als die Tür zum Lager aufging, da erkannte er, dass es wieder diese Polizistin war: Sofort ging er in die Knie, duckte sich ab, hielt kurz die Luft an ...

Sein Glück in dem Moment war, dass er sich gerade nicht in ihrem Sichtfeld, dass er sich seitlich versetzt hinter einer Regalwand befand – vor ihm Türklinken, Schlösser und Kleinkram.

Verdammt - als wenn er es geahnt hätte, dass jemand auftauchen würde!

Gestern, am Wochenende – ja! Oder auch abends, wenn die Wahrscheinlichkeit eher gering ist, dass irgendjemand in das Lager kommt.

Doch nein, ausgerechnet heute und jetzt musste es sein!

Jetzt haben wir die Scheiße!

Und dann – ist es ausgerechnet wieder diese Polizistin!

Die jetzt da steht, mit einer Waffe in der Hand, Martin in Schach haltend, der mit erhobenen Händen vor ihr steht …

Und in der anderen Hand, was ist das, was hat sie da – etwa ein Handy?

Schritt für Schritt geht er weiter auf das Büro zu.

Leise, bloß weiter leise!

Der Boden ist dreckig, sandig - ganz ohne Geräusche geht es nicht!

Eine konkrete Idee, wie er gleich vorgehen könnte, die hat er nicht.

Kurz der Gedanke eben noch, einfach zu türmen. Doch, was für ein Blödsinn! Alles, komplett alles würde auffliegen!

Nein, Fiete ist klar, dass er jetzt etwas unternehmen muss! Hier geht es auch um seine Haut … und letztendlich auch um seine Kohle!

Die Frau ist jetzt schon recht dicht vor ihm.

Drei Meter vielleicht noch, doch was dann?

Er selbst hat keine Waffe dabei.

Umso wichtiger ist das Überraschungsmoment! Bloß nicht, dass sie ihn vorher bemerkt, er wäre sicher geliefert! Doch - die Polizistin scheint zu sehr mit Martin beschäftigt zu sein …

„Wo steckst du bloß?“, hört er sie sagen.

Ganz klar, sie telefoniert.

Würde sie es jetzt melden, dann wären binnen kürzester Zeit andere Bullen hier!

Oder … ist sie womöglich gar nicht allein, sind etwa schon jetzt welche draußen?

Zwei Meter Abstand noch.

„Ich habe in dem Lager gerade eine männliche Person gestellt. Du wirst es nicht glauben …!“

Jetzt!

In zwei kurzen, schnellen Schritten stürmt er nach vorne.

Ein Blick an ihr vorbei, und den Bruchteil einer Sekunde sieht er das Aufleuchten in Martins Augen. Ansonsten keine Regung … einfach nur kalt und entschlossen ist er - sieht seine Chance kommen!

Sie hat Fiete jetzt natürlich bemerkt, ihr Kopf dreht sich zur Seite.

„Mist!“

Dann seine Entscheidung … sie einfach direkt anzuspringen, sie mit dem gesamten Gewicht seines Körpers irgendwie zu Fall … oder zumindest ins Straucheln zu bringen.

Dabei versucht er, mit der linken Hand nach vorne zu schlagen - unter ihren Arm, mit dem sie gerade die Waffe hält.

Kurze, dunkelblonde Haare, jetzt direkt vor ihm.

Er kann ihr Parfum riechen.

Seine Aktion … sie gelingt!

Er spürt, wie ihr Arm nach oben fliegt.

Dann – ein Schuss – sehr laut kommt der ihm vor - in die Decke?

Im nächsten Moment taumelt sie, kippelt, fällt irgendwie nach vorne.

Und im Fallen dann: Martin!

Eine geballte Faust, seine riesige Hand, ungewöhnlich weit ausgeholt … trifft sie schließlich mit voller Wucht am Kopf!

Der Widerstand ihres Körpers, der eben noch etwas dagegenhielt, schwindet jetzt völlig. Schlaff, weil ganz sicher besinnungslos, fällt sie nach rechts.

Und Fiete stolpert, fällt selbst, rutscht in Richtung von Martins Beinen … und hört im gleichen Moment nacheinander zwei unterschiedliche, metallene Geräusche.

Ihre Waffe, die auf den Boden fällt - und sicher auch das Handy!

… gleicher Moment - im Auto - Piet

Große braune Knopfaugen, die ihn vom Fußraum aus mustern. Traurig, irgendwie fragend, vielleicht auch etwas erwartend?

„Typischer Dackelblick“, denkt Piet und schaut wieder hoch, nach links und dann nach rechts, gibt dann Gas und biegt in den Strichweg ab.

Es wird nicht einfach für den kleinen Kerl. Herausgerissen aus seinem Zuhause, von Menschen, die ihn liebten und umsorgten - geht es für ihn gleich ins Tierheim.

30 Stundenkilometer darf man hier fahren. Er hält sich dran und schaut erneut zu dem Hund herunter.

Ole macht es sich gerade bequem: Versucht die Decke, die ihm der Kapitän a. D. mitgegeben hat, irgendwie zusammenzukratzen, ein Nest oder auch eine Art Erhöhung zu formen.

Wo mag der bloß die ganze Zeit gesteckt haben?

Dem Feuer unbeschadet entflohen, denn Verletzungen, auch äußere Anzeichen von Verbrennungen, die scheint er nicht zu haben. Vielleicht war er über mehrere Tage irgendwo versehentlich in einer Garage eingeschlossen?

Doch aber – ohne Wasser und Fressen? Nein, wohl eher nicht.

Immerhin, in dem Tierheim, da wird zumindest gut für ihn gesorgt werden.

Der Dackel lässt sich gerade mit einem Seufzer fallen, scheint eine genehme Position gefunden zu haben.

„Gemütlich hier, mein Freund?“ Piet lächelt.

Dann will er sein Telefon kontrollieren, blickt dafür auf das Display im Auto.

Oh, was ist das?

Gleich fünf Anrufe in Abwesenheit?

In der kurzen Zeit?

Über die Tastatur am Lenkrad scrollt er die Liste durch.

Der letzte Anruf kam von Birke. Davor eine Nummer aus dem Revier. Und direkt davor - schon einmal Birke?

Zweimal, binnen weniger Minuten?

Irgendetwas Wichtiges?

Oder ist es einfach nur …?

Neugierig lächelnd verbindet er sich mit seinem Anrufbeantworter.

„Verdammt!"

Was ist da passiert?

Zwei Autos vor ihm, die blinken, dann zügig nach rechts fahren und so Platz machen.

Über 60 Stundenkilometer schnell ist er jetzt, und er muss höllisch aufpassen: Irgendeiner, der trotz der Lautstärke sein Martinshorn nicht hört, die einzelne Blaulichtlampe auf dem Autodach nicht sieht - und einfach rausfährt.

Oder, noch viel schlimmer: Kinder! Die Schule hat gerade wieder begonnen, Abc-Schützen könnten unterwegs sein.

Konzentration!

Wenn nur die Sorge um Birke nicht wäre ...

Seine Augen verengen sich: Er versucht, möglichst alles im Auge zu behalten – stets bereit, sofort auf die Bremse zu gehen, falls etwas sein sollte. Problemlos ausweichen auf der engen Straße kann er nämlich nur an wenigen Stellen.

Mein Gott, was ist da bloß passiert?

Diese merkwürdigen Hintergrundgeräusche …

Ein Handgemenge womöglich?!

Keuchen, Stöhnen – ganz offensichtlich nicht nur von Birke.

Ihr letztes Wort, kurz davor noch: „Mist".

Und schließlich, am Ende … ganz klar, das war ein Schuss!

Und dann knackte es in der Leitung: Totenstille!

Unvermittelt … war die Verbindung getrennt.

Oder – hat sie vielleicht einfach nur aufgelegt? Quatsch!

Er will den kürzesten Weg nehmen, biegt links vom Strichweg ab. Die Reifen quietschen. Dann gleich wieder nach rechts und mit Vollgas am ehemaligen Marine-Offiziers-Kasino vorbei.

Er drückt die Wahlwiederholung.

Vorsicht! Die Geschwindigkeit gleich wieder runter, denn da vorn - der über die Straße markierte Weg für Radfahrer.

Schnell geschaut. Niemand zu sehen. Piet gibt erneut Vollgas!

„Birke Hänning. Ich bin im Augenblick …“ – ihr Anrufbeantworter springt direkt an.

Nein, völlig unwahrscheinlich, dass sie das Telefon mitten im Einsatz komplett ausstellt!

Er drückt die Kurzwahl 1, um die Zentrale anzurufen und die Kollegen zu informieren.

Erneut zieht es ihm den Magen zusammen:

Er sieht Bilder der letzten Tage von ihr.

Oh nein!

Mit allergrößter Wahrscheinlichkeit wird Birke in großer Not sein …

7 Minuten später – „Lebt sie noch?“ - Piet

Der dunkelblaue Passat, mit dem sie heute Morgen losgefahren ist, der steht seitlich versetzt vor dem hinteren Teil des Lagers.

Von Birke ist nichts zu sehen!

Aber auch keine anderen Personen.

Und auch der Bus, den sie beschrieben hat, ist nicht da.

Scharf bremst er seinen Wagen schließlich ab.

Der Dackel rutscht.

Mist, den habe ich ja ganz vergessen!

„Du wartest hier!“

Er reißt die Tür auf und springt heraus.

Schnell - in Richtung der offenstehenden Tür!

Im Hintergrund sind weitere Sirenen zu hören: Die Kollegen, die ebenfalls auf dem Weg hierher sind. Und sicher auch ein RTW mit Notarzt, den er direkt mit angefordert hat.

Bloß jetzt keine Zeit verlieren …

Es sieht erneut Bilder von ihr! Diese Befürchtung, dass ihr etwas Schlimmes zugestoßen sein könnte!

Kurz vor der Tür greift er an seine rechte Seite und löst mit einem Finger seine Dienstwaffe, eine *Heckler & Koch*, aus dem Halfter.

Rein ins Lager!

Braucht er Deckung, muss er vorsichtig agieren?

Wozu?

Nein, ihr Anruf ist zu lange her!

Und selbst wenn: Seine Sirene, laut und deutlich zu

hören, hat ihn natürlich angekündigt.

Doch selbst wenn … egal jetzt! Piet schaut nach rechts.

Es ist ein normales Lages, so wie man sie kennt.

Verdammt, hätte er doch bloß nicht zugelassen, dass sie allein hierherfährt.

Der Blick geht nach vorn: Paletten, Regale, Lageraufbauten, weiter hinten steht ein Gabelstapler. Niemand ist zu sehen, nichts ist zu hören - außer seiner eigenen lauten Atmung … und den Sirenen draußen, die immer lauter werden.

Links – das muss der Büroraum sein! In schnellen Schritten läuft er drauf zu.

Da – da liegt doch jemand …

Gott, mach, dass es nicht sie ist!

Doch dann erkennt er schwarze Steifen an weißen Sportschuhen. Adidas – ihre Sneakers!

„Birke! Verdammt, was ist?", ruft er verzweifelt und voller Angst.

Ein kurzer Rundumblick: das Büro ist sicher.

Da – da liegt sie tatsächlich: Bäuchlings, die Augen geschlossen, das Gesicht an der einen Seite deutlich geschwollen und blutverschmiert!

Blut … etwa auch neben ihr? Tatsächlich, eine größere Lache ist auf dem Boden zu sehen.

Piet geht runter auf die Knie.

„Birke, hörst Du mich??"

Mit zwei Fingern fühlt er nach ihrem Puls.

Er muss sich konzentrieren, derart laut hämmert sein eigenes Herz.

Doch - da ist etwas: ein schwacher Puls!

Soll er sie jetzt umdrehen, sie noch in die stabile Seitenlage verbringen? Denn die Martinshörner im Hintergrund sind jetzt sehr laut und dominant - und verstummen im gleichen Moment.

„Warte, mein Schatz, gleich kommen sie!“

Dieses verdammte Blut auf dem Boden.

Die Lache scheint noch größer zu werden!

Und, um Himmels willen - es ist sehr dunkel!

Ist die Verletzung … vorn am Bauch?

„Notarzt! Hierher! Ins Büro“, brüllt er.

Hinter ihm sind Geräusche zu hören, dann eilige Schritte.

„Dahinten, in dem Raum!“, ruft jemand.

Piet greift nach vorne, streicht ihr übers Haar.

„Jetzt, jetzt wird dir gleich geholfen! Halte durch, bleib bei mir!“

Ihre linke Hand - so schmal, braungebrannt, mit den unlackierten Fingernägel, die er vor einer dreiviertel Stunde hoch hielt - liegt ein Stück weit von ihrem regungslosen Körper versetzt.

Davor, in den Schmutz des Bodens gemalt, erkennt er einige Buchstaben.

Ein Wort?

Klar, das kann nur von ihr stammen!

Nur: Was soll das heißen?

Kak ... und dahinter ein *SOS?*

... zwischenzeitlich – Kommissariat - Knut

Es ist fast 10.30 Uhr.

Knut fühlt sich gestresst.

Aber immerhin, das scheint seine Müdigkeit zumindest ein wenig vertrieben zu haben.

Die Bilder von dem unbekannten Mann, der in der Brandnacht zusammen mit Emma Pfitz den Club in Bremerhaven verlassen hat, die hat er am frühen Vormittag bereits über das System abgleichen lassen.

Ergebnis: Kein Treffer. Der ist und bleibt damit auch weiterhin unbekannt.

Dann, eben noch, hatte er ein längeres Telefonat mit den Kollegen aus Bremerhaven.

Amtshilfe, wie es so schön heißt.

Sie werden sich der Sache annehmen, deren Kriminaldauerdienst wird am Abend in dem Club die Fotos von dem Mann mal herumgehen lassen.

Ob er jetzt eine Pause machen könnte?

Nein, gleich ...

Zuerst will er noch kurz in das große Couvert schauen, das vor ihm auf seinem Schreibtisch liegt.

Oben in der Ecke ist das Logo der Sparkasse Cuxhaven zu sehen.

Keine Frage, darin werden die Kontoauszüge sein, die er im Auftrag von Piet letzten Freitag bei der Bank angefordert hatte.

Auszüge, die die Hansen Bau GmbH betreffen und die nirgendwo zu finden gewesen waren.

Knut zieht direkt den kompletten Inhalt heraus.

Es sind mehrere Seiten, offensichtlich nach Kontonummern zusammengetackert.

Gleich obenauf, auf dem ersten Kontoauszug steht handschriftlich vermerkt:
Eigenkapitalkonto, Rücklage Hansen Bau.

Darunter ist zudem der Stand des Guthabens vermerkt:
580,32 Euro.

„Recht dürftig!“, denkt Knut und schlägt das Blatt um.

Seite 2 des Kontos:

Mehrere Bewegungen …

Am 15.8., am 14.8. und am 12.8. …

Dann stutzt er - und zieht seine Augenbrauen hoch.

15.000, zweimal sogar 20.000 Euro!?

Alles in bar?

Und alles … in der Woche vor dem Brand?!

Schnell wirft er einen Blick auf die Seiten dahinter.

„Das gibt es doch gar nicht!“

Ohne genau nachzurechnen, überschlägig er: Mindestens 120.000 Euro, die in den letzten Wochen von dem Konto abgeflossen sind.

Es ist so gut wie nichts mehr drauf, alles … wie geplündert!

Er schaut auf und lehnt sich dann zurück.

Was wollte Erik Hansen mit so viel Bargeld?

Hat Piet am Ende vielleicht doch Recht?

Er muss tief durchatmen – und braucht jetzt sofort die Pause ...

Knut schiebt seinen Becher in Richtung der Senseo und greift in den Karton, um ein Kaffeepad herauszufischen.

Dabei schluckt er trocken: Denn die Sache mit Birke umtreibt ihn nach wie vor – er bekommt sie nicht aus dem Kopf!

Sie – und ausgerechnet Piet!

Zwei langjährige Kollegen, die womöglich jetzt ein Paar sind!

Er blickt in Richtung ihres Arbeitsplatzes.

Wenn er bloß etwas jünger wäre!

Vor 15 oder auch 20 Jahren, als er noch gesund war, mit funktionierenden Beinen. Sportlich war er damals gewesen, hatte zudem auch noch volles Haar.

Ihr Lächeln - das hätte dann womöglich ihm gegolten …?

Reiß dich zusammen! Was für dämliche Gedanken!

„Du bist nicht nur zu alt, du bist auch zu … verheiratet!“

Es klopft. Und direkt geht die Tür ein Stück auf und sein Dezernatsleiter steckt seinen Kopf hindurch:

„Störe ich?“

„Naja, ich habe schon noch einiges zu tun!“

„Es ist aber wichtig, Knut. Ich möchte gern, dass Du mit dabei bist! Auch für das Protokoll!“

Die Tür öffnet sich weiter.

Jetzt erkennt Knut die zwei Männer, die hinter Peter stehen. Beide stecken in modernen Business-Anzügen. Er kennt sie nicht.

„Vermutlich nicht aus Cuxhaven“, denkt er noch.

Doch dann stutzt er: Moment! Der eine, der größere von den beiden, ist das nicht der, der …?

„Kommst Du bitte gleich mit rüber“, fragt Peter Schneider, „wir können uns eben an den Tisch in Piets Büro setzen!“

Etwas später – Hoffen und Bangen - Piet

Auf einmal ist alles völlig ruhig um ihn herum.

Keinerlei Hektik mehr.

Das Gesicht des Sanitäters, der den Krankenwagen fuhr und der als erster bei ihr war:

Große Augen, dann ein entsetztes „Oh Nein!“

Piet kannte ihn natürlich, er hatte ihn schließlich erst vor einer guten Woche das letzte Mal gesehen:

Hannes Schumacher.

Feuerwehrleute löschen eben nicht nur Brände ...

Birke hatte Glück, dass sie recht schnell gefunden wurde - und dass der Notarzt direkt mit dabei war.

Geordnete Hektik war es, die dann folgte. Schnell und routiniert haben sie sich einen Überblick verschafft.

Auf den ersten Blick waren zwei Messerstiche zu erkennen. Der eine von vorn, in ihren Bauch. Dann der zweite, in die Seite, etwas höher, unterhalb des Rippenbogens.

Das viele dunkle Blut … gar nicht gut!

Aber auch ihr Gesicht, diese ungewöhnlich starke Schwellung ...

Das muss nichts heißen - nur hoffentlich sind es keine schwereren Kopfverletzungen: Ein CT wird es nachher klären.

Der Kreislauf konnte noch in der Lagerhalle stabilisiert werden. Doch weitere Auskünfte zum Grad ihrer Verletzungen?

Nein - sie muss aber dringend und sofort ins Krankenhaus!

Ein Nicken dann noch vom Notarzt und eine vorsichtige Einschätzung, die für Piet eher wie eine Floskel klang: „Wir werden sie schon durchkriegen!"

Sein Kopf dröhnt und ihm ist übel.

Er blickt nach rechts, den Krankenhausflur entlang in Richtung der großen Glastür, durch die sie Birke geschoben haben.

Ein kleines, modernes Schild daran:

Notaufnahme - OP - Kein Zutritt!

„Nein, tut mir leid, Herr Kommissar!", so eine OP-Schwester, die sich ihm bei der Einlieferung in den Weg stellte. „Wir machen das schon. Warten Sie bitte draußen. Da vorn gibt es Sitzplätze!"

Wie lange ist das jetzt her, eine halbe Stunde?

Er lehnt sich zurück und neigt den Kopf nach unten.

Dreck befindet sich an seinen Händen, und noch immer Blut. Es ist ihr Blut!

Was ist da bloß passiert?

Sie wird die Situation anfangs beherrscht haben …

Doch dann, ein derart brutaler Übergriff?

Wieso hat sie zuvor keine Verstärkung geholt, oder auch … auf ihn gewartet? Denn zu zweit, da wäre das mit großer Wahrscheinlichkeit so nicht passiert!

Vor seinem inneren Auge sieht er immer wieder Bilder von ihr.

Gestern noch, in Neustadt: Das Wochenende, die gemeinsame Nacht. Ihr Liebesspiel. Birkes glückliches Lächeln. Hände halten, streicheln, reden, scherzen ... tiefe Blicke immer wieder.

Er kämpft gegen seine Tränen an, als er plötzlich die Stimme seines Chefs hört.

Peter ist sehr blass.

Unruhig und mit sorgenvoller Miene schaut er sich um.

„Und? Was ist? Hast Du schon ein Ergebnis? Weißt Du irgendetwas?"

Piet schüttelt den Kopf: „Noch nicht viel. Zwei Messerstiche in die Bauchgegend sollen es sein. Der eine von vorn, der andere von der Seite. Und dann ist da noch die schwere Verletzung am Kopf, seitlich des Auges!" Er schluckt und fügt an: „Irgendjemand scheint da mit enormer Wucht zugeschlagen zu haben – womit auch immer!"

Bei den Gedanken keimt Wut in ihm auf - seine Gesichtszüge werden ernst und starr. Mit einem seiner Handrücken wischt sich Piet über die Augen.

Peter fasst ihn auf die Schulter und setzt sich neben ihn.

„Bleib ruhig!", sagt er mit gedämpfter Stimme. „Wir müssen jetzt konzentriert bleiben - trotz dieser fürchterlichen Sache! Und … erstmal abwarten, wie es um sie steht!"

Piet nickt kaum sichtbar. Sie wäre jetzt bei ihm, in seiner Wohnung, zusammen in seinem Kapitänshaus ...

Wie soll er nur damit umgehen?

Aber Peter hat natürlich Recht.

Er muss konzentriert bleiben!

Mit einem Zischen öffnet sich die Glastür mit dem Zutritts-Verbots-Schild. Heraus kommt ein Mann, ganz sicher ist es ein Arzt.

Wie ist sein Gesichtsausdruck, wie schaut er gerade? Hat er eine einigermaßen gute Nachricht, oder ist es schlimm, vielleicht sogar … ganz schlimm?

Piets Herz hämmert, sein Atem steht, als der Mann vor den beiden zum Stehen kommt.

Dr. Rühmann und *Chefarzt Notmedizin* steht eingestickt auf seinem Arztkittel.

Sein Gesicht ist ernst.

„Nun sagen Sie schon was, Doktor, wie geht es ihr?“

… gleiche Zeit - Kommissariat – Knut

Knut weiß nun, wer die beiden Männer waren.

Der eine … ein Anwalt, schon älter und mit grauen Haaren, versiert und redegewandt. Aalglatt wirkte er im ersten Moment, so wie die meisten Rechtsverdreher.

Rechtsanwälte, besonders Strafrechtler, er kann sie nicht leiden. Sie reden dazwischen, entdecken Lücken, halten von der Arbeit ab. Zu oft hat er schon erlebt, wie sich winden, verdrehen, spekulieren, einmal gestellte Straftäter mit einem blauen Auge davonkommen lassen – so dass die ganze Polizeiarbeit vergeblich war.

Doch der von eben, der wollte niemanden raushauen, der bereits gefasst und überführt worden war.

Der Anwalt wollte vielmehr einer Gefahr vorbeugen.

Der Gefahr des Entdecktwerdens. Einer Gefahr, die dem anderen Mann drohte!

Groß war der, das Gesicht mit vielen kleinen, kaum sichtbaren Narben - aber durchaus gutgeschnitten.

Ein Kommunalpolitiker, Wahlbeamter, ein recht hohes Tier aus dem *Oldenburger Land.*

Sein Gesicht, es kam ihm dann doch irgendwie bekannt vor und - er konnte es kurz darauf auch einordnen.

Ein Blick auf seinen Monitor reichte Knut, kurz bevor er zusammen mit Peter Schneider in das Büro von Piet herübergerollt war: Das Bild von der Sicherungskamera in Bremerhaven!

Das, das Emma Pfitz zeigt, zusammen mit … exakt dem Mann, der ihm dann, neben seinem Anwalt, gegenübersaß.

Doch dann …

Sie hatten gerade alle Platz genommen, hatten sich kaum vorgestellt, der Anwalt irgendetwas von einer Ferienwohnung erzählt, die sein Mandant in Cuxhaven besäße und weswegen sie jetzt auch hier in dieser Dienststelle seien …

… dann klopfte es.

Es war Meike Klaasen, die junge uniformierte Kommissarin – die sehr aufgeregt und mit roten Wangen von einem Angriff auf eine Kollegin berichtete.

„Du lieber Gott! Da ist etwas ganz, ganz Schlimmes passiert! Im Alten Fischereihafen. Im Augenblick kämpfen die Ärzte wohl um ihr Leben …"

Schnell machte sich Entsetzen und Sorge breit:

„Nein! Das kann nur Birke sein!"

Peter Schneider sprang natürlich sofort auf, um Maike zu folgen.

Vor der Tür noch kurz ein „Entschuldigung, Sie hören ja gerade, ein Notfall - Herr Bartelsen wird sich kümmern und alles zu Protokoll nehmen" murmelnd, war er dann auch schon verschwunden ...

Eine gute Stunde ist das jetzt her.

Die Sache mit der Verdachtsperson Nr. 1, die hatte sich also erledigt. Emma hat doch tatsächlich ein anderes Alibi, auch wenn das für sie jetzt ziemliche Folgen haben dürfte:

Alkohol im Straßenverkehr, Körperverletzung, unterlassene Hilfeleistung, Fahrerflucht, …

Knut hört auf, weitere Einträge in seinen Computer vorzunehmen.

Denn er ist im Augenblick absolut nicht mehr in der Lage, sich weiter zu konzentrieren.

„Warum hört man denn bloß nichts aus dem verdammten Krankenhaus? Jetzt eben nachfragen, einen von beiden anrufen – Peter Schneider oder auch Piet Stöver?", überlegt er kurz.

Ein Messerangriff soll es gewesen sein, wie ihm ein anderer Kollege sagte.

Und - Birke soll bei dem Einsatz allein gewesen sein!

Verdammt!

Dieser Stöver!

Wo war der, als es geschah?

Doch ganz sicher nicht in ihrer Nähe!

Knut ist wütend. Was ist, wenn sie es nicht überlebt? Oder auch, wenn sie bleibende Schäden behält?

Er holt tief Luft.

Das … das wäre dann auch Stövers Schuld!

... gleiche Zeit - Krankenhausparkplatz – Ole

Wassertropfen, die trommelnd auf das Autodach fallen.

Es ist ein erneuter Schauer.

Der kleine Hund wird wieder wach und öffnet seine Augen.

Er kennt den Wagen nicht.

Kein Geruch hier drin, nichts, das ihn an sein Zuhause erinnert.

Zuhause ...

Dieses Gefühl, seine tiefe Sehnsucht!

Bilder von Lydia!

Und auch von ihm, von Erik.

Doch die werden immer schwächer - es ist schon eine Weile her ...

Ole schaut nach oben zum Vordersitz vor ihm.

Die kurzen Hinterläufe kurz runtergedrückt, springt er mit einem kräftigen Satz hoch.

Wo bleibt der Mann, mit dem er gerade gekommen ist?

Er kennt ihn nicht, spürte aber sofort, dass der ihm wohlgesonnen ist.

Den Oberkörper nach oben ... mit den Vorderpfoten stemmt er sich gegen die Autoinnentür.

Und so geht sein Blick nach draußen.

Er mustert die Umgebung.

Vielleicht ist es auch sein Beschützerinstinkt.

Beschützen – den kleinen Raum hier, der so gar nicht nach dem riecht, was ihm bekannt ist?

Er sondiert das Terrain draußen.

Ein anderer Hund vielleicht, den er dann verbellen müsste.

Ist Frauchen zu sehen?

Oder auch ... der Mensch von eben?

... fünf Minuten später – *Kaksos* – Die Bedeutung

„Hallo?"

Dann nochmal: „Hallooo?"

Er hört nichts. Doch auf einmal steht die Verbindung wieder.

„Ja, wer ist denn dort? Ich habe Ihren Namen nicht verstanden!"

„Herr Stöver? Hänning hier!"

Piet, der das Krankenhaus gerade verlassen hat, ist auf dem Weg zu seinem Auto.

Natürlich weiß er sofort, wer da am anderen Ende der Leitung ist.

„Ach ja, Herr Hänning – gut, dass Sie anrufen. Ich hätte mich auch noch bei Ihnen gemeldet!"

„Ja - wie geht es ihr denn? Gibt es etwas Neues?"

Etwas brüchig ist sein Deutsch, unüberhörbar der finnische Akzent.

„Was sagen die Ärzte?" Sorge und Angst klingen in der Stimme ihres Vaters.

Im Hintergrund spricht jemand aufgeregt dazwischen, es ist eine Frauenstimme. Das wird wohl ihre Mutter sein.

Piets Magen brennt, und auch die Übelkeit hält sich beständig.

Der Arzt eben, er konnte ihn nicht wirklich beruhigen.

Die Hauptsache ist natürlich, dass sie lebt!

Doch aber, wird sie es auch - überleben?

Allein das Gesicht von diesem Dr. Rühmann:

Ernst war es, kaum ein Mienenspiel war zu sehen. Doch allemal schien er einer zu sein, der nicht um den heißen Brei redet, keine Hoffnungen schürt, wo in Wirklichkeit keine mehr sind.

Kompliziert sei die Lage, aber immerhin bestehe eine realistische Chance.

Zwei Messerstiche waren es: Der eine, der direkt von vorn kam, der traf ihren Darm. Das sei gefährlich, aber nicht lebensbedrohlich.

Der andere ging in die Milz, die wohl entfernt werden muss. Dieser Stich beschädigte zudem auch die Aorta - weswegen es zu dem hohen Blutverlust gekommen ist.

Schlimmer jedoch könnte ihre Kopfverletzung sein. Ein Schädel-Hirn-Trauma, verursacht durch stumpfe Gewalteinwirkung … es könnte auch ein Faustschlag gewesen sein. Um all das kümmere man sich im Augenblick: Birke wird gerade operiert und versorgt.

„Herr Stöver?“ Ihr Vater wartet auf eine Antwort.

Piet holt weiter aus und redet von ihrem Einsatz, versucht, es ihm irgendwie schonend beizubringen.

Schweigend hört der Mann zu.

Und so erreicht er, den Hörer am Kopf, schließlich

seinen Dienstwagen.

Erneut sind es die beiden braunen Augen, die ihn jetzt vom Beifahrersitz aus anblicken. Freundlich wedelt der Schwanz des kleinen Rauhaardackels.

„Ich komme gerade aus dem Krankenhaus. Sie wird aktuell operiert. - Wir müssen noch Geduld haben!“

Herr Hänning spricht erneut mit der anderen Person. Ganz klar, wer wohl sonst, es kann sich nur um seine Ehefrau handeln.

Piet startet den Wagen und erreicht kurz darauf die Altenwalder Chaussee.

Soll er nach links abbiegen, in Richtung des Tierheims? Höchstens fünf Kilometer sind es bis dorthin. Oder doch nach rechts, zurück in die Stadt, um ins Kommissariat zu fahren?

Der Dackel springt herunter, liegt jetzt wieder vor dem Sitz und schaut neugierig zu ihm hoch.

„Nein, mein Kleiner. So leid es mir tut: Ich muss dich jetzt wohl wegbringen!“, flüstert er - und setzt den Blinker.

„Wissen Sie vielleicht, welcher Flughafen in Deutschland für uns am günstigsten wäre?“ Die Stimme des Vaters ist jetzt über den Autolautsprecher zu hören.

Natürlich, sie wollen zu ihrer Tochter, wollen schnellstmöglich bei ihr zu sein.

Wie war das noch gleich: Ist Birke nicht irgendwann mal von Helsinki aus nach Bremen geflogen?

„Bremen! Das wäre sicherlich eine gute Möglichkeit. Die Stadt ist nur gut 100 Kilometer von Cuxhaven entfernt!“

Die Eltern unterhalten sich erneut: auf Finnisch, ihrer Muttersprache …

Verdammt, ich brauche eine Spur, irgendetwas, worauf die Ermittlungen schnellstmöglich aufbauen können.

Was war es noch gleich, was sie auf den Boden des Lagers gekritzelt hatte?

Wobei - er es ja überhaupt nicht deuten konnte.

Kak ... und *SOS.*

SOS?

Eine Abkürzung vielleicht?

Oder ein Schreibfehler?

Irgendetwas muss das doch heißen!

„Kaks-os!“ Piet spricht es vor sich hin, überlegt.

Oder vielleicht auch irgendwie anders zusammengesetzt?

„Bitte? Was haben sie gerade gesagt?“, die Stimme meldet sich wieder.

„Ach nein, Herr Hänning, schon gut. Ich überlege gerade nur laut, was ein Wort oder auch Worte bedeuten könnten.“

„Ach so. Aber, wenn Sie vielleicht Kaksos meinen? Das ist nämlich Finnisch …“

... früher Abend - irgendwo im Cuxland - Fiete

Der Sommer war ungewöhnlich sonnig und warm.

Es fiel viel zu wenig Regen, was schlecht für die Bauern ist – Fiete weiß das natürlich.

Sein Großvater Kurt, der Vater seiner Mutter, hatte auf dem Resthof noch eine kleine Landwirtschaft betrieben - auf wenigen Hektar Land, mit ein paar Kühen und Schweinen.

Er kann sich nicht mehr an ihn erinnern, weil er höchstens drei oder vier Jahre alt war, als Kurt starb.

Doch den kleinen Stall, in dem damals die Viecher standen, den gibt es noch immer.

Es ist der Anbau direkt neben dem Haus.

Das Dach ist nicht mehr dicht und einige Fenster sind zerbrochen, so dass bei Regen immer Wasser reinkommt.

Sehr feucht ist es stets - und deshalb hat er seinen VW-Bus in den letzten Jahren dort so gut wie gar nicht mehr reingestellt.

Heute regnet es … jetzt steht er wieder drin!

Die Nummernschilder sind abmontiert, das Holztor dichtgemacht und mit dem alten, rostigen Vorhängeschloss verriegelt.

Ihm fällt die Polizistin wieder ein - wie sie am Boden des Lagers lag. Die Augen geschlossen und Blut in ihrem hübschen Gesicht.

Fiete hatte sich gerade wieder aufgerichtet, da hörte er sie stöhnen. Unglaublich, wie schnell die wieder bei

Bewusstsein gewesen war – nach diesem doch immens brutalen Faustschlag!

Und dann … dann beugte sich Martin doch tatsächlich auch noch über sie, griff ihr in die Haare und drehte ihren Kopf so, dass sie ihm direkt in seine Augen schauen musste!

Und um dann … auch noch mit ihr zu reden!

Fiete schüttelt den Kopf.

„Das ist ja so was von krank! Ein Sadist!“ Er schluckt trocken. „Wo … wo steckt der überhaupt?“

Fiete schaut kurz in die Küche nach, hört dann aber den Fernseher, der recht laut im Wohnzimmer läuft.

Und dort sitzt Martin tatsächlich auch. Wieder in Mamas Sessel, den Oberkörper entspannt zurückgelehnt, schaut er sich gerade irgendeine Sendung an ...

gleicher Moment – Die Pressekonferenz - Martin

Auf NDR läuft die regionale Nachrichtensendung *Niedersachsen 18.00*

Der Kommentator berichtet gerade von einem Angriff auf eine Zivilbeamtin der Polizei in Cuxhaven.

„Die 38-Jährige ist durch Messerstiche schwer verletzt worden!“

Die Polizistin habe zuvor offensichtlich eine oder mehrere Personen in diesem Lager im Alten Fischereihafen von Cuxhaven gestellt. - *Dazu werden aus verschiedenen Blickwinkeln Außenaufnahmen des Lagers eingeblendet.*

„Möglich ist auch“, so der Sprecher weiter, „dass sie von den Tätern überrascht worden ist.“

Wie sich die Tat im Einzelnen zugetragen habe, das sei jetzt Inhalt der intensiven Ermittlungen ihrer Kollegen.

„Staatsanwaltschaft und Polizei gaben heute Nachmittag in einer kurzfristig angesetzten Pressekonferenz Details über die Hintergründe bekannt“.

Die nächste Szene zeigt einen Tisch, an dem … und Martins Augen verengen sich … der männliche Bulle sitzt!

Piet Stöver, Kriminalhauptkommissar steht auf einem Namenschild vor ihm.

Der erklärt: „Die schwer verletzte Beamtin ermittelte zuletzt in einem Fall von schwerer Brandstiftung.

Der Hausbrand in Cuxhaven-Döse vor gut einer Woche, bei dem zwei Menschen ums Leben gekommen sind, ist den Damen und Herren von der Presse ja noch bekannt. Unsere Kollegin hatte den Auftrag, die kleine Lagerhalle, die zu der Firma des männlichen Brandopfers gehört, zu untersuchen.“

Stöver räuspert sich kurz - dann wird sein Blick noch ernster: „Im Zuge dieser polizeilichen Maßnahme kam es heute Morgen zu einer Auseinandersetzung, bei der einer oder mehrere, uns derzeit noch nicht bekannte Personen, die Kollegin attackierten, sie vermutlich zuerst niederschlugen und daraufhin durch zwei Messerstiche schwerverletzten!“

Die Kamera fährt ein Stück zurück.

Der Bulle sitzt nicht allein an dem Tisch.

Zu sehen sind jetzt auch die anderen Teilnehmer der Pressekonferenz - jeder von ihnen hat ein Namensschild vor sich:

Peter Schneider, *Dezernatsleiter*, eine ältere Staatsanwältin aus Stade und zudem auch der *Leiter der Polizeibehörde Cuxhaven*, ein *Polizeidirektor*.

Eine Frage aus dem Hintergrund ist zu hören, sicher von dort, wo die Journalisten sitzen: „Wie geht es der Beamtin denn jetzt? Und wie schwer sind ihre Verletzungen?"

Die Staatsanwältin schaut zu Stöver, nickt ihm kurz zu und fordert ihn offensichtlich so auf, direkt darauf zu antworten.

„Also, ja. Die Verletzungen sind recht schwer. Durch den wahrscheinlichen Tathergang gehen wir deshalb auch von *versuchtem Mord* aus. Auf Ihre Frage: Meine Kollegin ist mittlerweile operiert werden, liegt derzeit aber noch im künstlichen Koma. Aber - es sieht gut aus! Sie wird es überleben! Wahrscheinlich morgen schon wollen die Ärzte sie wieder aus dem Koma holen! Dann wird sie sicher direkt auch zur Sache aussagen können. Gut möglich, dass sie den oder die Täter beschreiben kann, sie womöglich sogar erkannt hat!"

... später am Abend – Intensivstation

Behutsam nimmt Piet ihre Hand.

Sie fühlt sich kühl an.

Sein Blick geht nach vorn: überall sind Schläuche zu sehen.

Ein großer Multifunktionsmonitor steht neben ihrem Bett; ein *Monitoring*, das alles überwacht: EKG, Frequenz des Herzens, Blutdruck, … das für sie so wichtige EEG.

Pieptöne - die Schläge ihres Herzens. Zudem sind die typischen Geräusche eines Beatmungsgerätes zu hören.

Ihr rechtes Auge ist normal geschlossen, wie wenn sie schläft.

Das linke dagegen - es ist nur noch zu erahnen, so dick, verfärbt und zugeschwollen ist es!

Tiefes Mitleid, Angst und Sorge - zwischendurch immer wieder Wut - wechseln sich bei Piet ab.

Er hält weiterhin ihre Hand, streichelt sie liebevoll.

Vor einer halben Stunde, als er die Intensivstation betrat und sie das erste Mal sah, da erschreckte ihn ihr Anblick.

Dein hübsches Gesicht! Surreal, diese Situation!

„Was haben diese … verdammten Schweine bloß mit dir gemacht?“

Ein schweres Schädel-Hirn-Trauma sei es, wie man ihm sagte.

Knapp die Hälfte aller Betroffenen würde es überleben.

Er übersetzte es direkt für sich. Der Umkehrschluss bedeutet nämlich: Die andere Hälfte … die schafft es nicht!

Doch jetzt gilt es, erst einmal abzuwarten! In erster Linie sind Sauerstoffmangel oder auch Blutdruckabfälle zu vermeiden. Und natürlich ist das EEG im Auge zu behalten.

„Sie ist noch jung - Ihre Kollegin wird es schon schaffen!"

„Ok, danke, ich verstehe. Wobei - sie ist nicht nur meine Kollegin, sie ist viel mehr, wissen Sie ..." - Das wollte er in diesem Moment loswerden, es der Neurologin, die ihn aufklärte, unbedingt mitteilen.

Da – ein andersartiges Geräusch?

Und unter ihrer Decke, am Fußende, hat Birke sich gerade bewegt?

Ja, das könne durchaus mal passieren, es sei normal.

Grundsätzlich jedoch sei sie in einem Zustand tiefer Bewusstlosigkeit.

Nichts, auch kein Schmerz, kann sie im Augenblick wecken.

„Alles ist gut, Süße! Lass es mit dir geschehen! Dein Körper soll sich erholen. In ein paar Tagen vielleicht. Und wenn es länger dauert, dann ist das auch in Ordnung …!"

Kann sie ihn tatsächlich hören, ihn verstehen?

Das soll gemäß der Neurologin sogar sehr wahrscheinlich sein.

Immer wieder haben Patienten nach dem Aufwachen über Dingen berichtet, die während ihres Komas im

Zimmer passiert sind. Sogar Erinnerungen an Gesprochenes soll es schon gegeben haben ...

„Ich habe diesen Dackel - Ole übrigens heute Vormittag abgeholt. Sobald Du wieder fit bist, fahren wir beide mal ins Tierheim und besuchen ihn, in Ordnung? - Jede Wette, dass Dir der kleine Scheißer gefallen wird …“

Ob er ihr auch von der Pressekonferenz berichten soll?

Davon, wie er am Nachmittag durchsetzen konnte, ein kleines Experiment, einen Versuch zu wagen?

So, dass alle mitspielten – insbesondere die verantwortliche Staatsanwältin, die, wenn auch sehr zögerlich und unter Bedenken letztendlich dann aber doch ihr OK gab?

Eine kleine Unwahrheit nur …

Er wollte eine andere, eine optimistischere Bewertung ihres Gesundheitszustandes beschreiben,

„Ich habe das Wort, das Zeichen, was Du mir in dem Lager hinterlassen hast, übrigens verstanden! Oder genauer: Dein Vater hat es mir erklärt!“

Im Display des Monitors wird ihr Blutdruck angezeigt: 125:72.

Besser geht es eigentlich nicht.

Eine andere Zahl zeigt 95 an: Wahrscheinlich ist es der Sauerstoffgehalt ihres Blutes.

„Und - ich glaube, dass ich damit auch etwas anfangen kann!“

Keine Regung in ihrem Gesicht, keine Bewegung ihrer Hand. Doch aber - sie kämpft, da ist er sich sicher!

„Zwilling … mein Schatz!“

Kapitel IX – Dienstag – Schüsse

... 07.00 Uhr morgens – ihre Eltern

Die Frau sitzt dort, wo Piet die Nacht über verbracht hat: Es ist ein stabiler, großer Stuhl mit zwei Armstützen und einer höheren Rückenlehne, auf dem ihm immer mal wieder die Augen zugefallen sind.

Ein kurzes Einnicken ist es dann zumeist nur gewesen, ein paar Mal auch Phasen des Schlafs. Doch dann ist er nach kurzer Zeit immer wieder hochgeschreckt: durch seine Gedanken, seine Sorge um sie oder auch durch irgendein ungewöhnliches Geräusch im Raum.

Es ist Birkes Mutter, die gerade mit ihr spricht - leise, fast flüsternd:

"*Minun köyhä lapseni*!"

Vor gut einer halben Stunde, da standen ihre Eltern auf einmal im Krankenzimmer.

Piet steht weiterhin am Ende des Bettes und schaut zu den beiden herunter.

„Aurora. Die aufgehende Sonne. Was für ein außergewöhnlicher Vorname. Tatsächlich finnisch?“, überlegt er kurz.

Auroras Augen sind gerötet und leicht geschwollen. Jetzt - jetzt weint sie gerade mal nicht. Kurz dreht sie ihren Kopf, schaut zu Piet hoch.

„Du … bist tatsächlich die ganze Nacht bei ihr gewesen?“

Er sagt nichts, sondern nickt nur kurz.

„Das ist schön!“

Diese Nase, dieser Mund ...

Die Ähnlichkeit zwischen den beiden ist unverkennbar: Birke, in 25 oder auch 30 Jahren …

Dankbar lächelnd und erneut mit Tränen in den Augen wendet sich Aurora wieder ihrer Tochter zu, als sich die Tür zum Krankenzimmer hinter ihm öffnet.

Langsam und leise, vorsichtig.

Es ist Janne, der Vater. Auch er hat rote Augen.

Janne wollte zuvor nur mal raus, kurz irgendwo hin, ohne einen Grund zu benennen. Piet kann ihn sich auch so denken ...

„Da draußen, da sitzt ein Polizist“, sagt er fragend, den Blick auf das Krankenbett und auf seine Tochter gerichtet.

„Ja, ich erkläre Euch das gleich noch!“

Er dreht sich in Richtung der Fenster, als seine Gesichtszüge dunkel, fast finster werden: Dass er hier überhaupt sein muss, dass die beiden hier sein müssen … voller Angst um ihre Tochter. Dass sie es vielleicht nicht schafft oder dass etwas zurückbleibt!

Birkes Herztöne, die Pumpgeräusche der Beatmungsmaschine … Gedanken an das, was geschehen ist.

Wie spät ist es jetzt? 7.15 Uhr.

Dann sollte jetzt bald alles vorbereitet sein.

Und dann noch ein weiterer, ein wütender Gedanke, gleichzeitig eine Hoffnung:

„Sie werden kommen – sie müssen einfach kommen!“

... etwas später – Krankenhausparkplatz - Fiete

Fiete will das alles nicht mehr.

Er kann ihn einfach nicht mehr ertragen, will auch nicht, dass er noch länger in seiner Nähe ist.

Typisch für Martin - diese Aktion eben auf der Fahrt hierher: Urplötzlich, da hatte er sich wieder mal anders entschieden. Ohne Ankündigung, ohne irgendetwas mit ihm abzustimmen.

Und dann – erneut in diesem scharfen, aber auch herablassenden und demütigenden Tonfall!

„Du setzt mich vorher ab! Nebenan, auf dem Gelände des Altenheimes. Und dann fährst Du weiter, stellst Dich allein vor das Krankenhaus und wartest dort!“

Schon vor ein paar Tagen war Fiete aufgefallen, dass es sich ähnlich anfühlte ... wie damals in seiner Bundeswehrzeit:

Ein Unteroffizier, sein Vorgesetzter, der ihn von Anfang an nicht riechen konnte! - Der ihn nie für voll nahm, ihn zum Ausputzer machte, vor anderen verlachte ... der ihn einfach nur drangsalieren wollte ... jeden Tag aufs Neue!

Er ahnt natürlich, was Martin hier heute vorhat. Es geht erneut um die Polizistin. Diese hübsche Frau, die sich gerade erholt und auf dem Weg der Besserung sein soll.

Irgendwie empfindet er so etwas wie Mitleid.

Andererseits - kann sie ihm auch egal sein.

Denn gestern Abend, da hat er endlich sein Geld erhalten ... und dann sogar gleich die volle Summe:
20.000 Euro!

Nein, er hat jetzt alle seine „Jobs“ erledigt – und exakt dafür ist er auch bezahlt worden! Und Punkt!

Und mit den Dingen, die Martin hier heute noch so plant, die er vorhat … damit hat, damit will Fiete ganz einfach nichts mehr zu tun haben!

Der große Krankenhaus-Parkplatz, auf dem er jetzt mit dem extra angemieteten Mietwagen, einem VW Golf, steht, ist kaum belegt.

Fünfzehn, höchstens zwanzig Autos stehen hier: Dienstag frühmorgens ist definitiv noch keine Zeit für Patientenbesuche.

Er schaut sich abermals um. Steht irgendwo nicht doch ein Wagen, in dem Leute auffallend lange sitzen; solche, die vielleicht gar nicht planen, auszusteigen? Denn das - könnte eine Bullenkarre sein!

„Pass auf! Und wenn irgendetwas sein sollte, dann rufst Du mich sofort an!“, so hat er es ihm aufgetragen.

Doch nein, alles scheint in Ordnung zu sein.

Niemand ist zu sehen, er ist allein.

Die 20.000 kommen ihm wieder in den Sinn.

Er lächelt bei dem Gedanken, was er damit alles wird anfangen können. Als erstes ein paar Wochen am Mittelmeer. Und dann … mal sehen.

Aus den Augenwinkeln sieht er, wie sich die automatische Eingangstür des Krankenhauses öffnet.

Und im selben Augenblick, als er ihn erkennt, da hat Fiete das Geld auch schon wieder vergessen!

Sofort runter - er duckt sich zur Seite weg.

Jetzt bloß nicht gesehen werden, auch wenn der Bulle ihn mit einiger Wahrscheinlichkeit gar nicht kennt.

Ein Griff unter seinen Oberkörper, auf den Beifahrersitz, dorthin, wo sein Handy liegt.

Kurz, ganz kurz nochmals der Gedanke, ob er es nicht doch lassen sollte. Um die Polizistin zu schützen, denn so etwas hat keiner verdient.

20.000 … mahnt seine innere Stimme.

Und zudem: Wenn das hier erst vorbei ist, dann wird Martin endlich verschwunden sein!

Und so wählt er …

Zwischenzeitlich – „Das Licht" - Birke

Bilder und Szenen ... es sind starke, tiefe Gefühle, die sie hat.

Alles nur geträumt?

Obwohl - setzt sie sich nicht gerade damit auseinander?

Eine Maske, ein verschwommenes Gesicht.

Erst grinsend, dann böse und verzerrt.

Diese Ähnlichkeit! Ist der etwa gar nicht tot?

Der Schlag, dann diese Schmerzen im Bauch!

Jetzt - Worte dringen zu ihr durch, sie sind liebevoll, warm und voller Sorge ...

Die Mutter, der Vater.

Deren Worte halten sie.

Doch - dieser Drang in ihr!

Er, der die ganze Zeit da war, ist auf einmal nicht mehr hier.

Bilder jetzt von ihm ...

Ich würde so gern noch bleiben.

Bei Dir sein, mit Dir sein.

Dich fühlen!

Doch aber ... dieses Licht!

Dieser Drang - er wird stärker.

Es tut mir leid!

So früh, viel zu früh!

Das Licht, es ist so stark!

Wärme, das es ausstrahlt, und Geborgenheit.

Und Anziehung.

Unwiderstehlich ... zieht es Birke an.

... kurz darauf - Piet

Er will eben mal kurz nach unten.

Telefonieren, schauen, wie weit die Kollegen sind.

Aber auch, um klarzukommen: einfach mal raus aus dem Krankenzimmer, sich sammeln, im Auto eine Weile mit sich allein sein.

Birkes Eltern sind ja nett, aber trotzdem ...

Ein älterer, uniformierter Polizist sitzt zur Sicherheit vor ihrem Zimmer; so angeordnet von der Staatsanwältin als eine Bedingung, eine Voraussetzung für diese Aktion ins

Blaue, wie sie es nannte. Denn wenn der gewünschte Effekt eintreten würde, der oder die Täter auftauchen, dann wäre Birke natürlich in Gefahr …

Ein Motorengeräusch ist zu hören. Seufzend hebt Piet den Blick.

Es ist ein weiterer Zivilwagen der Cuxhavener Polizei, der mit dem auswärtigen Kennzeichen. OL – das steht für Oldenburg.

Das Auto fährt gerade an ihm vorbei.

Maike, die noch recht junge Kommissarin, die in Kürze seinem Fachdezernat zugeteilt wird, schaut zu ihm rüber, lächelt und nickt ansatzweise.

Piet nickt zurück.

Mehr Kollegen sind es nicht, mehr werden es auch nicht sein!

Der Wagen mit den beiden eben: Maike, und am Lenkrad ihr zukünftiger Kollege und Vorgesetzter Detlev, dem sie in Zukunft bei Brandursachen-Ermittlungen assistieren soll.

Dazu noch der Uniformierte oben vor dem Krankenzimmer … vier Beamte insgesamt also, inklusive Piet.

Er schaut zur Seite.

Am hinteren Ende des Parkplatzes, zwischen zwei parkenden Autos: Sie fahren gerade in die Lücke, positionieren sich dort.

Eigentlich sind es zu wenig Mitarbeiter, aber wenn man andererseits bedenkt, dass keiner genau weiß, wann - und ob letztendlich überhaupt etwas passieren wird, dann muss das einfach genügen …

Ein paar Minuten später - Piet

Raus aus dem Auto – die Tür hinter sich laut zuschlagend!

Lang und schnell sind seine Schritte: Zurück – wieder zurück in Richtung der Eingangstür!

„Oh nein! Nein! Gott, bitte bloß nicht das!"

Er spricht es vor sich hin, ruft es.

Die Worte seines uniformierten Kollegen, eben gerade am Telefon noch: „Herr Hauptkommissar! Hier ist gerade der Teufel los! Etwas ist passiert. Unsere Kollegin …!"

„Wie … was ist denn los??"

„Ich weiß es nicht genau. Ein medizinischer Notfall … Alarm!"

Die automatische Tür ein paar Meter vor ihm öffnet sich, als irgendjemand herauskommt.

„Platz da!"

Mit großen Augen springt die Frau zur Seite, so dass er direkt durchlaufen kann.

Weiter, durch die Empfangshalle, direkt in Richtung Fahrstuhl und Treppenhaus!

… gleiche Zeit - eine Etage höher - Martin

Die Fahrstuhltür vor ihm geht auf. Ein Flur ist zu sehen, und nach gut 30 Metern beginnt der geschlossene Bereich.

Intensivstation steht an der Tür aus Milchglas.

Darunter ist ein aufgeklebtes Piktogramm zu sehen, darauf ein Handy, das mit einem Querstrich durchzogen ist: Rauchen verboten …

Hier ist er richtig.

Der Flur ist leer, niemand ist zu sehen.

Der Anruf von Fiete eben noch …

Der Bulle, der ist doch tatsächlich auch hier!

Martin hat gewusst, dass diese Aktion womöglich nicht einfach werden würde, dass es auch gefährlich werden könnte.

Doch aber … vielleicht war dieser Stöver ja auch nur zu Besuch, um eben einfach mal nach seiner Assistentin zu schauen?

„Ich bin hier, also wird es erledigt!“, denkt er und geht normalen Schrittes geht weiter er auf die Station zu.

Plötzlich, recht laut, öffnet sich rechts von ihm abrupt eine Tür.

Reflexartig geht seine Hand kurz hoch in Richtung der Waffe.

Doch nein, da sind nur zwei Frauen … der Kleidung nach Krankenschwestern, die hektisch bei der Arbeit zu sein scheinen.

„Komm, mach, beeil Dich!“

Irgendein medizinisches Gerät schiebt die eine vor sich her.

Martin tritt etwas zur Seite, um die beiden an sich vorbeizulassen.

Kurz vor der Tür zur Intensivstation springt die andere zur Seite und greift nach einem Schalter an der Wand.

Mit einem Zischen öffnet sich eine breite Tür - und erlaubt ihm so einen Blick in die Station ...

„Was - ist denn das?"

Da stimmt doch etwas nicht.

So viele Menschen auf dem Gang - Geräusche, Rufe, Aufregung …

Die beiden Krankenschwestern laufen.

Ein Mann und eine Frau stehen an der Seite. Die Frau weint und hält sich gerade die Hände vors Gesicht.

Und direkt daneben … doch tatsächlich noch ein Bulle, einer in Uniform … der auf die Frau einzureden scheint?

Martin muss nicht lange überlegen: Kein Zweifel, das alles kann nur der verletzten Polizistin gelten … seinem Ziel!

Ganz kurz verharrt er, und als sich die Tür wieder schließt und er nichts mehr erkennen kann - macht Martin auf der Hacke kehrt.

Irgendetwas muss ihr passiert sein! Dabei soll sie doch auf dem Weg der Besserung sein!

Na dann, vielleicht löst sich sein Problem ja gerade auch von selbst … Und selbst wenn nicht, soll er jetzt dort etwa noch eingreifen?

Natürlich nicht!

... gleiche Zeit - Piet

Das Treppenhaus hoch, denn das sollte am schnellsten gehen - zwei Stufen jeweils auf einmal!

Sein Herz rast. Er keucht.

Schweiß steht auf seiner Stirn.

Ein Gedanke nur: „Ich will zu ihr!"

Was kann da nur passiert sein? Die Nacht war doch gut.

ES GING IHR DOCH GUT!

Ruhig war Birke, nur hin und wieder bewegte sie sich.

Alles schien in Ordnung.

Oder, war da doch etwas, was ihm hätte auffallen müssen? Nein, denn auch die Nachtschwester, die ab und zu nach ihr sah, schien zufrieden zu sein, lächelte einmal sogar aufmunternd: Alle Vitalwerte sind okay, kein Grund zur Sorge ...

Er erreicht die Flur-Tür zum 1. Geschoss und stößt sie weit auf.

Da ist sie, die Intensivstation. Die, die er vor nicht einmal 20 Minuten verlassen hat – nichtahnend, dass es ihr kurz darauf schlecht gehen würde.

Piet ... nimmt ihn kaum wahr.

Bruchteile einer Sekunde nur, in denen er den Mann aus den Augenwinkeln sieht.

In etwa gleich groß wie Piet selbst ist er, hat schwarze, kurzgeschorene Haare und trägt einen kurzen, konturlosen Bart. Etwas ungewöhnlich, dass der hier im Krankenhaus eine Sonnenbrille trägt ... Aber vielleicht trauert er ja und will einfach nur nicht seine Tränen zeigen?

Den Blick hektisch wieder nach vorn … Piet läuft weiter, erreicht die Stationstür und schlägt geradezu mit seiner Außenhand nach dem automatischen Türöffner seitlich an der Wand.

Die Aufschrift *Polizei* auf der Rückseite der Uniform, die kann er so gerade eben noch erkennen. Denn im gleichen Moment verschwindet sein Kollege, geht irgendwo rechts hinein.

Doch nicht etwa in ihr Krankenzimmer?

„Was will der ausgerechnet jetzt da drin?“, denkt er.

Und sein Herz pocht übermäßig laut in seinen Schläfen, als er feststellt, dass da kaum Geräusche … nur ein paar leise und ruhige Stimmen zu hören sind, die aus ihrem Zimmer kommen!

Was bedeutet das – diese Ruhe?

In diesem Augenblick, inmitten seiner sorgenvollen Gedanken, plötzlich und völlig unvermittelt – da sieht er auf einmal ein Bild … da fällt ihm Gesicht des Mannes von eben ein!

Piet stockt kaum, lässt in seinen Bewegungen, in seinem schnellen Gang in Richtung Krankenzimmer nicht nach.

Aber seine Stirn wird kraus, sein Gesicht nachdenklich, als er sich an ein anderes Bild erinnert: Erik - und sein Lachen bei den Tennis-Vereinsmeisterschaften …

Die Haare des Mannes eben waren fast schwarz, er trug einen Bart. Und die Augen waren wegen der Sonnenbrille nicht zu erkennen …

„Doch aber … diese Gesichtszüge!?“

Aber nein, das kann einfach nicht sein!

Dann aber jemand, der ihm … verdammt ähnlichsieht!

Nein! Finnisch - Kaksos!

Und auch das Foto mit den beiden Säuglingen:

Zwillinge!

Diese Erkenntnis sofort wieder abgeschüttelt in dem Moment, als er die Tür zu Birkes Zimmer erreicht.

Geradezu ängstlich wirft er einem Blick hinein.

Zwei Ärzte und mehrere Schwestern stehen um ihr Bett. Doch aber, Hände, die dabei sind, Kabel - etwa wieder zu entfernen?

Er erkennt einen Defibrillator, der an der Seite steht.

Ist der nicht mehr zum Einsatz gekommen?

Oder auch … zu spät?

Er atmet nicht mehr, bleibt einfach stumm stehen … bewegungslos.

Aurora! Sie steht etwas abseits und dreht sich gerade ihm um.

Piet sieht sie an … ist auf das Schlimmste gefasst!

„Und, was ist??“, fährt es aus ihm heraus.

Doch dann … der Ansatz von einem Lächeln kommt über ihre Lippen, gefolgt von einem kurzen Nicken!

Und im gleichen Moment nimmt er sie bewusst wahr:

Da sind diese Pieptöne im Raum!

Ganz klar, es ist ihr Herzschlag!

Laut hörbar schnauft er durch.

Es geht ihr wieder besser, sie konnten sie retten, sie stabilisieren, sie zurückholen …

Einmal kurz die Augen geschlossen – „Gott sei Dank!“ - atmet er abermals tief durch … und erwidert Auroras Lächeln.

Es stehen Tränen in seinen Augen, als er sich seinem uniformierten Kollegen zuwendet. Vier grüne Sterne sind auf seiner Uniform zu sehen – mittlerer Dienst, er ist ein Hauptmeister.

„Rufen Sie unten an! Sofort! Da kommt gleich jemand aus dem Krankenhaus. Männlich, Mitte 40, 1,90 Meter, schwarze Haare, Bart - dunkle Kleidung, Jeans. Stabile Figur! Der muss sofort festgenommen werden!“

Piet ist bereits auf dem Flur, als er ruft: „Aber die sollen aufpassen und auf Eigensicherung achten! Der ist gefährlich, wird bewaffnet sein …“

Zurück … schnell!

Vielleicht kann er ihn noch erwischen.

Die Tür zur Intensivstation öffnet sich.

Doch niemand ist zu sehen, der Mann ist weg.

Der Fahrstuhl, oben drüber ist eine Digital-Anzeige zu sehen: Der ist unten, steht im Erdgeschoss!

Hat der Mann ihn benutzt?

Ab, wieder in Richtung Treppenhaus!

... gleiche Zeit - Martin

Weiter, einfach ganz normal weitergehen.

Zügig, aber nicht zu schnell. Es sind nur noch wenige Schritte bis zum Ausgangsbereich.

Sein Blick schweift nach rechts: Ein Pförtner, der dort sitzt und der gerade in ein Butterbrot beißt, schaut in diesem Moment zu ihm herüber.

Martin nickt ihm zu.

Ein Griff in seine Hosentasche zum Handy: Fiete soll sich schon mal bereitmachen ...

Doch - halt!

Siedend heiß fällt es ihm ein: Was ist, wenn auf dem Parkplatz noch andere sind, dort noch mehr Bullen lauern? Wenn Stöver ihn in dem kurzen Moment eben womöglich doch erkannt hat … dann wissen die draußen jetzt sogar Bescheid!

Ohne jegliche Miene dreht er um.

Zurück, jetzt will er den gleichen Weg nach draußen nehmen, den er nutzte, um in das Krankenhaus zu gelangen … über die Rückseite, durch den Lieferanteneingang.

Seine Schritte werden jetzt deutlich schneller.

Ein kurzer Blick über die Schulter:

Der Portier kaut weiterhin genüsslich.

Aber gut - es sind keine Bullen zu sehen.

Jetzt könnte die Zeit tatsächlich knapp werden!

Den Fahrstuhl nehmen? Nein!

In das Treppenhaus will er, von dort aus runter in das Untergeschoss, dort durchs Lager … um dann schließlich …

Er hält sein Handy noch immer in der Hand.

Fiete, er muss ihn sofort anrufen. Der soll schon mal losfahren. Ihn abholen – erneut vor dem Altenheim …

Gleicher Moment – Piet

Kurz vor dem Treppenhausbereich verlangsamt er sein Tempo ...

Der Mann eben, dieser Erik-Verschnitt, wird nach Lage der Dinge schon ein Stück entfernt sein.

Die beiden draußen, Detlev und Meike: Der Kollege auf der Intensivstation wird sie wahrscheinlich schon informiert haben, oder, ist gerade noch dabei.

Ob der Hauptmeister danach selbst dazukommen wird?

Auf alle Fälle wird der gleich auch weitere Verstärkung anfordern. Die Lage ist schließlich viel zu brenzlig.

Und die beiden unten auf dem Parkplatz … hoffentlich sind sie zusammen, wenn sie ihn stellen! Damit Detlev auf Maike achten kann. Denn sie hat nur wenige Jahre Erfahrung …

Die Frage ja auch – ist der Mann allein hier, ist er ein Einzeltäter … oder sind da etwa noch mehr?

Konzentriert und fokussiert muss er bleiben!

„Nein, kein Zweifel mehr!“, ist er sich sicher.

Allein schon, dass dieser Mann hier ist, sagt ja alles.

Ganz klar, er wollte zu Birke, ist dann aber von seinem Plan abgewichen. – Logisch; durch die Notfallsituation eben, die vielen Menschen in dem Krankenzimmer.

Wie hängt das alles zusammen?

Hat er womöglich auch das Feuer in Döse gelegt?

Dann wäre er ein Doppelmörder!

Gewalttätig und skrupellos – er wird vor nichts und niemandem Halt machen!

Piet zieht die Tür zum Treppenhaus auf und tritt hinein.

Vorsichtig walten lassen - auch wenn für ihn die Wahrscheinlichkeit eher gering ist, dass der Mann noch hier ist.

Ein kontrollierender Blick nach oben, dann nach unten.

Irgendein monotones Brummgeräusch ist zu hören.

Vielleicht ist es eine Klimaanlage.

Doch nein … ist da etwa noch etwas anderes?

Er verharrt: Geräusche, die nicht von oben, sondern irgendwo von unten kommen …

Und jetzt, was ist das, sind das etwa Schritte?

Da … geht doch jemand!

Gleicher Moment - Martin

Sein Plan müsste funktionieren.

Denn schon der Weg in das Krankenhaus hinein war unkompliziert. Es gab keine Probleme, keiner hatte ihn gesehen, er konnte einfach so hineinspazieren.

Rauszugehen, das sollte genauso leicht werden.

Auf dem Weg nach unten erreicht Martin gerade ein Treppen-Zwischenpodest.

Er bleibt stehen, will eben kurz Fiete draußen anrufen, damit der ihn möglichst nahtlos aufpicken kann.

Das Handy in der linken Hand, blickt er kurz drauf. Verdammt, die Empfangsanzeige: Sie zeigt keine Balken mehr an, was bedeutet, dass er im Augenblick hier keinen Empfang hat und nicht telefonieren kann!

Dann eben weiter – die Treppe weiter hinunter.

Gleich, draußen, da wird sein Handy sicher wieder funktionieren!

Moment … was ist das?

Da ist ein Geräusch. Irgendwo von oben?

Martin neigt den Kopf etwas zur Seite und horcht.

Eine Tür?

Ist da etwa jemand?

Und was ist das jetzt – Schritte?

Er ist nicht allein!

Könnte das vielleicht sogar …

Gleiche Sekunde - Piet

Zuerst erkennt Piet nur eine Hand am Handlauf des Geländers.

Unter ihm, ganz offensichtlich tiefer noch als das Erdgeschoss.

Dann – ist kurz ein Hinterkopf zu erkennen.

Der sich dreht … und schließlich ein Gesicht, das nach oben schaut.

Der Mann – er hat die Sonnenbrille nicht mehr auf …

Auge in Auge sind die beiden - ganz kurz nur!

Unfassbar! Die Ähnlichkeit!

Und - der ist tatsächlich noch immer hier!

Im gleichen Augenblick wird es laut:

Der Mann unten läuft los!

Nachsetzen, sofort!

Piet läuft.

Erreicht die Tür zum Erdgeschoss, läuft an ihr vorbei.

Wo könnte der nur hinwollen?

Die schnellen Schritte unter ihm, er hört sie noch

immer.

Er muss höllisch aufpassen.

Denn, sobald nichts mehr zu hören ist – der Mann, dieser Doppelgänger, er wird eine Waffe bei sich tragen – keine Frage!

„Polizei, stehenbleiben!“

Er wird natürlich längst wissen, dass ihm nicht irgendjemand auf den Fersen ist!

Und … er reagiert natürlich nicht, warum auch.

Täter, die sich einer Festnahme entziehen wollen: Sie alle versuchen immer alles, um irgendwie doch noch zu entkommen.

Und dann hat man es mit zum Äußersten entschlossenen Menschen zu tun!

Der, der unter ihm läuft, der hat nun wirklich nichts zu verlieren, der wird alles, komplett alles versuchen!

Ein Mörder - der wahrscheinlich auch Birke angegriffen, sie so fürchterlich zugerichtet hat!

Während Piet hinunterstürmt, zieht er seine Dienstwaffe.

Unten – da sind auf einmal andere Geräusche zu hören!

Klar, er wird im Untergeschoss angekommen sein, reißt dort vermutlich gerade die Tür auf!

Gleicher Moment - Martin

Schnell, die Tür ganz zugedrückt!

Handeln, er muss handeln!

Überlegen, entscheiden - und das sofort!

Den Bullen, den wird er nicht so einfach los.

Ein ziemlicher Kaventsmann, eine sportliche Figur hat dieser Stöver! Ganz sicher wird er austrainiert sein und ihm ebenbürtig - mindestens!

Kurz fällt ihm Frank Krause, der Hausmeister aus Neustadt, ein. Irgendwie hatte der recht. Der Bulle ist offensichtlich nicht ohne … und das nicht nur wegen der Boxernase.

Vor ihm der Flur ist lang.

Allerlei gelagerte Sachen stehen rechts und links an den Wänden.

Auch Gestapeltes auf Paletten, 1,50 Meter oder höher, hinter denen er womöglich in Deckung gehen könnte.

Doch wenn er sich mit dem Bullen hier gleich eine offene Schießerei liefern würde … dann dürfte es das für ihn gewesen sein!

Überhaupt: Schon ein einziger Schuss reicht, und binnen weniger Minuten wäre ein ganzer Stall Bullen hier!

Nein - wenn, dann wäre es besser, wenn Martin ihm auflauert, er irgendwie in Stövers Rücken gelangt und ihn so überraschen kann!

Verdammt, beeile dich!

Die Tür selbst – ist da irgendeine Möglichkeit?

Stöver war eben nur ein kleines Stück hinter ihm, wird jeden Moment unten ankommen!

Er schaut zur Seite.

Eine recht hochbeladene Euro-Palette, die an der Wand neben der Tür steht und … die ein ganzes Stück weit in den Flur ragt.

Luschig abgestellt, auch weil … Moment, da ist ja außerdem auch ein Abstand zur nächsten Palette!

Die Lücke zwischen den Paletten ist recht groß.

Passt er da irgendwie rein?

Denn dort … kann Stöver ihn nicht sofort sehen!

Gleicher Moment – „Der Schuss“ - Piet

Er erreicht die Etagentür zum Untergeschoss und stoppt.

Stille ist um ihn herum.

Trotzdem horcht er angestrengt weiter, hält dabei seine *Heckler & Koch* in beiden Händen vor sich, den Lauf nach oben gerichtet.

Nein, so macht das keinen Sinn: Die Tür ist zu dick, als dass von außen Geräusche durchdringen könnten.

Piet ahnt, dass es jetzt drauf ankommt. Das hier, solche Einsätze, die hat er schon öfter erlebt, sie zudem immer wieder trainiert.

Um bei Simulationen mit Kollegen dann feixend darauf hinzuweisen: Erstens kommt es anders und zweitens … als du denkst!

Deshalb entscheidet er weiterhin, nicht einfach durchzulaufen, sondern die Klinke herunterzudrücken, die Tür langsam mit seinem Fuß so aufzudrücken, dass ein Spalt entsteht, durch den er sehen kann …

Nichts, noch immer kein Geräusch!

Eine Palette steht rechts neben der Tür – recht dicht. Irgendetwas Größeres, in Plastik verpacktes, liegt darauf gestapelt.

Er sieht Aufkleber: *S. Braun – Händedesinfektion.*

Steht der Mann womöglich auf der anderen Seite, links von ihm, lauert er hinter der Tür?

Sein Sichtfeld vergrößert sich weiter.

Nach und nach ist eine ganze Reihe an Paletten zu erkennen.

Überhaupt nicht gut, dass hier alles so unübersichtlich ist.

Es scheint ein längerer Flur zu sein. - Natürlich, baugleich zu den anderen Etagen.

Nach wie vor sieht oder hört er niemanden.

Aber auch das ist schließlich wichtig: bloß keine anderen, keine Unbeteiligten in Gefahr zu bringen.

Die Tür langsam und beständig weiter geöffnet.

Links, direkt hinter der Tür und den Bereich davor, den kann er noch immer nicht einsehen.

Sich gleich von dem Mann überraschen zu lassen, es wäre fatal!

Diese verdammte *Blackbox* hier!

Piet horcht noch angestrengter.

Das gibt es doch gar nicht ... Atmet der Kerl etwa nicht?

Oder – ist er doch schon ganz durchgelaufen?

Jetzt!

Energisch drückt er die Tür mit seiner Schulter vollständig auf, schiebt seinen Oberkörper nach, beide Hände wieder fest um die Waffe geschlossen ...

RUMS - der Schlag dröhnt in seinem Kopf.

Seitlich … seitlich von rechts kommend, hat ihn irgendetwas getroffen.

Und im selben Moment … Benommenheit!

Er hört nicht mehr richtig, alles ist wie in Watte.

Der Boden unter ihm beginnt sich zu drehen, er wankt, weil die Beine nicht mehr richtig wollen.

Piet kennt dieses Gefühl, ist früher beim Boxen auch mal schwerer getroffen worden.

Runter dann, wenn nichts mehr geht, runter in die

Hocke, sich vom Ringrichter ruhig anzählen lassen: Zehn Sekunden Zeit dann, um sich zu regenerieren, um irgendwie wieder klarzukommen ...

Doch nein: Genau das darf er jetzt natürlich nicht!

Der Mann, er muss rechts von ihm sein.

Was macht der gerade?

Da - eine Stimme ist zu hören … gedämpft, undeutlich, - ruft der irgendetwas?

Der neuerliche Schlag trifft Piet seitlich, am Nacken.

Abermals ein kurzer, dumpfer Schmerz.

Irgendwie fester, sehr hart … eine Handkante oder vielleicht der Knauf einer Pistole?

Dieser zweite Schlag zeigt noch mehr Wirkung!

Keine Chance mehr …

Seine Knie … sie geben nach, knicken ein!

Verdammt nochmal!

Schwerer Schwindel, alles dreht sich wie in Zeitlupe – er kann es nicht verhindern … er fällt ... fällt … sieht den Boden auf sich zukommen.

Die Augen noch leicht geöffnet, dreht sich sein Kopf im Fallen zur Seite.

Da – am Ende des Flures, schemenhaft, undeutlich … da steht doch noch jemand!

Dann: ein Knall!

Dumpf nur, das Geräusch … wie weit entfernt.

War das ein Schuss?

Dann … noch einer!

Galten die ihm?

Sein Körper schlägt auf, er stöhnt …

Ist er etwa getroffen?

Doch … kurz nur, werden die Konturen desjenigen, der am Ende des Flures steht, deutlicher.

Da steht kein Mann.

Das ist kein Komplize!

Es ist … Maike?!

Leicht geduckt steht sie da, beide Arme vor sich ausgestreckt, ihre Waffe mit beiden Händen fest umschlossen …

Und im gleichen Moment sieht er etwas vor sich aufschlagen.

Ein Körper.

Sein Gesicht.

Offene, leere Augen …

... 2 Tage später – „Der Zeitungsnachbericht“

Tödlicher Schusswechsel im Krankenhaus

Gefasster Komplize legt Geständnis ab

Der im Rahmen des Schusswechsels am vergangenen Dienstag im Cuxhavener Krankenhaus (die CA berichtete gestern ausführlich) festgenommene Fiete K. (40) ist geständig!

Er gab zu, den Haupttäter Martin L. (†43) bei dessen diversen Verbrechen zumindest in Teilen unterstützt zu haben. Besonders schwer wiegt dabei laut Polizeiangaben seine Beihilfe zum versuchten Mord an der Kriminalbeamtin Birke H. vom 25. August.

Brandstiftung sollte Doppelmord verdecken!

Im Mittelpunkt des Geschehens stand der Hausbrand in Döse, bei dem die beiden Bewohner, das Ehepaar Erik und Lydia H., am 18. August ums Leben gekommen sind.

Wie sich herausstellte, handelt es sich bei dem vorgestern durch eine Polizeikugel tödlich getroffenen Martin L. um den Zwillingsbruder des Brandopfers Erik H. Die Mordkommission konnte insoweit bestätigen, dass die beiden im frühen Kleinkindalter voneinander getrennt und durch verschiedene Elternpaare illegal adoptiert worden waren. Beide Brüder wussten in der Folge nichts voneinander.

Fiete K. gab dazu an, vom Haupttäter erfahren zu haben, dass der Anfang des Jahres von der Existenz seines Zwillings Kenntnis erlangt habe. Laut Polizei könnten ihm entsprechende Papiere in die Hände gefallen sein, als er die Erbschaft seines Vaters antrat, der im Dezember letzten Jahres verstorben ist.

Ob und in welchem Rahmen es daraufhin noch zu einvernehmlichen Treffen zwischen den beiden gekommen ist, wird derzeit noch ermittelt.

Fest steht nur, dass Martin L. seinen Bruder am 25. Juli in einer Lagerhalle der Hansen-Bau ermordete und daraufhin dessen Leiche in einer Kühltruhe im späteren Brandhaus über mehrere Wochen hinweg aufbewahrte, um sich in der Folge als die Person seines Zwillings auszugeben und sich so Zugriff auf das Vermögen seines Opfers zu verschaffen.

Der genaue Tathergang in der Brandnacht selbst ist weitgehend geklärt. Die Mordkommission geht fest davon aus, dass der Haupttäter in der Nacht vom 17. auf den 18. August auch dessen Ehefrau ermordete, den Leichnam seines Bruders mit einem Brandbeschleuniger übergoss und zur Vertuschung seiner Taten das Haus in Brand setzte. Fiete K. streitet eine direkte Beteiligung hieran ab.

Haupttäter war psychisch krank!

Auch nach Tatbegehung ist Martin L. in der Nähe geblieben, um laut Aussage seines Komplizen und Helfers weiterhin das Geschehen zu beobachten. „Die Gründe für dieses Verhalten sind schwer nachvollziehbar. Es mutet fast wie eine Sucht an. Unsere Ermittlungen haben dann auch ergeben, dass der Haupttäter psychisch krank war.

Wir glauben, dass er aus einem inneren Zwang gehandelt hat, sich weiterhin an seinen Taten zu laben und das Gefühl zu wiederholen, über seine Opfer triumphiert zu haben", erklärte dazu Kriminalrat Peter Schneider, Leiter des zuständigen Fachdezernates.

Am vergangenen Montag kam es im Firmenlager dann zum Aufeinandertreffen der Täter mit der Beamtin, die dabei angegriffen und schwer verletzt wurde. Birke H. liegt zum jetzigen Zeitpunkt noch immer im künstlichen Koma.

Wie gestern bereits ausführlich berichtet, konnten die beiden Täter vorgestern schließlich auf dem Gelände des Cuxhavener Krankenhauses gestellt werden, in dessen Zuge es zu dem kurzen Schusswechsel kam und bei dem Martin L. tödlich verletzt wurde.

Gegen Fiete K. ist Untersuchungshaft angeordnet worden. Er wurde in die Justizvollzugsanstalt Bremervörde überführt.

Sepp Huber (sh)

***

Ankündigung – weitere Fälle!

Hauptkommissar Piet Stöver ermittelt bald wieder!

Doch – was ist aus Birke geworden?
Spielt der Dackel Ole künftig eine Rolle?
Und was hat Kapitän a. D. Manfred Schlichting mit dem nächsten Fall zu tun?

Fragen über Fragen …

Välen Dank!

Die Handlungen dieses Krimis sind frei erfunden, finden aber an realen Orten in Cuxhaven, dem Cuxland sowie in Neustadt/ Holstein statt.

Um die Szenen realistisch zu gestalten, sind im Vorfeld mögliche Abläufe mit der Polizeiinspektion sowie der Berufsfeuerwehr in Cuxhaven abgestimmt worden.

Ein herzliches Dankeschön gilt zudem:

Viviane Elbaz für Ideen,

Gudrun Lahm für Überarbeitung,

Christian Rinnert für Fotografie,

dem Hotel Arborea Marina Resort und der

DANA Ostsee-Seniorenresidenz sowie dem

Hobby Wohnwagenwerk Ing. Harald Striewski

in Fockbek/Rendsburg

für die vielfältigen Unterstützungen!

Ein stürmisches Moin aus Cuxhaven!

Jan Fitter, Dennis Klemt und Peter Oehlerking

Der Autor:

Peet Wigbers (alias Peter Oehlerking)
arbeitet als freier Journalist in Hamburg.
Seine Kindheit und Jugend hat er in Cuxhaven verbracht, kennt Land und Leute, ist noch immer mit seiner Heimatstadt tief verbunden.
Flammen der Täuschung ist der Auftakt zu einer Reihe von Krimis – es werden sich weitere Fälle um den „blonden Belmondo“, Kommissar Piet Stöver, anschließen.

STURMFLUT